职业院校通用教材

工程测量习题集

罗科勤　何宇鑫◎编著

清华大学出版社

北京

内 容 简 介

本习题集是罗科勤、何宇鑫编著的《工程测量》一书的配套教学用书。其内容与主教材相对应，包括水准测量、角度测量、距离测量、直线定向、测量误差的基本知识、小区控制测量、大比例尺地形图、测设的基本工作与方法、建筑工程测量、道路与桥梁工程测量、管道工程测量、变形监测等内容。

本习题集难易结合、题型多样、覆盖面广，可适应不同层次、不同类型的教学需要。各章的习题，不同的专业可根据需要选用。

本习题集可作为土建类相关专业的配套教学用书，也可作为相关专业工程技术人员的参考用书。

图书在版编目（CIP）数据

工程测量习题集/罗科勤，何宇鑫编著. —北京：清华大学出版社，2011.3
ISBN 978-7-302-24847-7

Ⅰ. ①工… Ⅱ. ①罗… ②何… Ⅲ. ①工程测量－高等学校－习题 Ⅳ. ①TB22-44

中国版本图书馆 CIP 数据核字（2011）第 023746 号

责任编辑：金燕铭
责任校对：刘　静
责任印制：李红英

出版发行：清华大学出版社		地　　址：北京清华大学学研大厦 A 座	
http://www.tup.com.cn		邮　　编：100084	
社　总　机：010-62770175		邮　　购：010-62786544	
投稿与读者服务：010-62776969，c-service@tup.tsinghua.edu.cn			
质　量　反　馈：010-62772015，zhiliang@tup.tsinghua.edu.cn			

印装者：北京鑫海金澳胶印有限公司

经　　销：全国新华书店

开　本：185×260　　印　张：6.5　　字　数：139字

版　次：2011 年 3 月第 1 版　　印　次：2011 年 3 月第 1 次印刷

印　数：1～3000

定　价：12.00 元

产品编号：041263-01

目　录

Contents

第一部分　习　　题

第二部分　习题参考答案

第 一 分 部

习　题

第 **1** 章

绪　　论

一、单项选择题

1. 测量学是研究地球的形状和大小，以及测定地面点（　　）位置的科学。
   A. 平面　　　　　　　　　　　　　B. 高程
   C. 空间　　　　　　　　　　　　　D. 曲面

2. 在测量工作中，应该采用（　　）作为高程基准面（高程起算面）。
   A. 水平面　　　　　　　　　　　　B. 水准面
   C. 斜平面　　　　　　　　　　　　D. 竖直面

3. 测量学中的水准面是一个（　　）。
   A. 水平面　　　　　　　　　　　　B. 竖直面
   C. 斜平面　　　　　　　　　　　　D. 曲面

4. 为了测量工作计算的便利，通常选用非常近似于大地体的、可以用数学公式表示的几何形体代替地球总的形状，这个形体是（　　）。
   A. 圆形　　　　　　　　　　　　　B. 椭圆形
   C. 圆球体　　　　　　　　　　　　D. 椭球体

5. 在普通测量工作中，当精度要求不高时，可以把地球近似看成圆球，其半径为（　　）km。
   A. 6 371　　　　　　　　　　　　　B. 6 731
   C. 7 361　　　　　　　　　　　　　D. 7 631

6. 某工程采用假定高程系统，测得 A 点的假定高程为 1 165.325，B 点假定的高程为 1 188.684。后来测得 A 点的绝对高程为 1 205.476，则 B 点的绝对高程为（　　）。
   A. 1 128.835　　　　　　　　　　　B. 1 148.533
   C. 1 228.835　　　　　　　　　　　D. 1 048.533

7. 由于我国位于北半球，在高斯平面直角坐标中，X 坐标均为正值，而 Y 坐标有正有负。为了避免 Y 坐标出现负值，规定每个投影带的坐标原点向西平移（　　）。
   A. 500km　　　　　　　　　　　　B. 500m
   C. 500cm　　　　　　　　　　　　D. 500mm

二、多项选择题

1. 工程测量的任务有（　　）。
　　A. 测量　　　　　　　　　　　　　B. 测定
　　C. 测设　　　　　　　　　　　　　D. 计算

2. 在测量学中,把地面点到大地水准面的铅垂距离称为（　　）。
　　A. 假定高程　　　　　　　　　　　B. 相对高程
　　C. 绝对高程　　　　　　　　　　　D. 海拔

3. 在测量学中,把地面点到假定水准面的铅垂距离称为（　　）。
　　A. 假定高程　　　　　　　　　　　B. 相对高程
　　C. 绝对高程　　　　　　　　　　　D. 海拔

4. 我国采用的高程系统有（　　）。
　　A. 1954 年北京高程系统　　　　　B. 1956 年黄海高程系统
　　C. 1980 年西安高程系统　　　　　D. 1985 年国家高程基准

5. 在实际测量工作中,应该遵循的正确程序是（　　）。
　　A. 由高级到低级　　　　　　　　　B. 先控制后碎部
　　C. 从整体到局部　　　　　　　　　D. 由复杂到简单

6. 测量的基本工作包括（　　）。
　　A. 水平距离测量　　　　　　　　　B. 垂直距离测量
　　C. 水平角度测量　　　　　　　　　D. 高程测量

三、填空题

1. 测量学是研究地球的形状和大小以及确定_____的科学。

2. _____是研究工程建设在规划设计、施工和经营管理过程中所进行的各种测量工作的科学。

3. 测量工作的_____就是确定地面点的空间位置。

4. 在无数多个水准面中,其中一个与平均海水面相吻合的水准面,称为_____。

5. 水准面、水平面和铅垂线是测量工作的_____。

6. 由于在大地体上难以进行准确计算,人们采用数学中最接近大地体的一个旋转椭球体来代替地球的总形状,称为_____。

7. 地面点在投影面上的坐标,可以用_____、_____或者_____表示。

四、判断题

1. 测设是指使用测量仪器和工具,用一定的测量程序和方法,获得地面点位置的相关数据,或者将地面的地物与地貌按一定的比例用特定的图例符号绘制成地形图。
（　　）

2. 测定是把图纸上规划设计好的道路、桥梁、隧道或其他建(构)筑物,按设计要求在现场地面上标定出来,作为后续施工的依据。
（　　）

3. 在测量学中,把自由静止的水面称为水准面。就是假设某个静止的水面延伸穿越陆地,包围整个地球,形成一个闭合的曲面,称为水准面。　　　　　　　　　（　）

4. 在地球表面,水准面有无数个,通过平均海水面高度的那个水准面,称为大地水准面。　　　　　　　　　　　　　　　　　　　　　　　　　　　　　　（　）

5. 水准面是水体受地球重力的作用而形成的,其物理特点是在同一水准面上的任意一点具有相等的重力势位,上面任意一点的铅垂线都垂直于该点所在曲面的切平面。
　　　　　　　　　　　　　　　　　　　　　　　　　　　　　　　　　　（　）

6. 与水准面相切的平面称为竖直面。　　　　　　　　　　　　　　　　　（　）

7. 在测量学中,把大地水准面所包围的形体称为地球椭球体。　　　　　　（　）

8. 大地水准面是国家统一的高程起算面(高程基准面)。　　　　　　　　（　）

9. 在测量学中,把地面点到任意水准面的铅垂距离称为绝对高程,又称海拔。
　　　　　　　　　　　　　　　　　　　　　　　　　　　　　　　　　　（　）

10. 在测量学中,把地面点到大地水准面的铅垂距离称为相对高程或者假定高程。
　　　　　　　　　　　　　　　　　　　　　　　　　　　　　　　　　　（　）

11. 地面上两点的高程之差称为高差,无论采用绝对高程系统还是采用相对高程系统,两点间的高差是一样的。也就是说,高差的大小与高程系统无关。　　　　（　）

12. 在某工程中,已知 A、B 两点的高程分别为 $H_A = 1\,584.586$,$H_B = 1\,585.428$,则可计算出 A、B 两点的高差为 $h_{AB} = -0.842$。　　　　　　　　　（　）

13. 在测量学中,确定地面点位关系的基本要素有水平距离、水平角度、高程。
　　　　　　　　　　　　　　　　　　　　　　　　　　　　　　　　　　（　）

14. 测量工作应该遵循的程序是:"从局部到整体,先碎部后控制,由低级到高级"。
　　　　　　　　　　　　　　　　　　　　　　　　　　　　　　　　　　（　）

五、简答题

1. 什么是测定?

2. 什么是测设?

3. 什么是水准面?

4. 什么是水平面?

5. 什么是大地体?

6. 测量工作的基本原则是什么?

六、计算题

1. 已知 A、B 两点的高程分别为 $H_A = 1\,584.560$、$H_B = 1\,548.065$,求 A、B 两点的高差 h_{AB}。

2. 某假定水准点 B 的高程为 $1\,500.000$,用它推算出一点 P 的高程为 964.765。后来测得 B 点的绝对高程为 $1\,548.065$,求 P 点的绝对高程 H_P。

3. 国内某点在高斯平面直角坐标系中的统一坐标为($X = 4\,345\,126.86$,$Y = 18\,483\,438.61$)。问该点位于高斯 $6°$ 投影分带的第几带?该带中央子午线的经度是多少?该点位于中央子午线东侧还是西侧?该点位于高斯 $3°$ 投影分带的第几带?

七、思考题

在图 1.1 中,需要确定多边形的顶点 1、2、3、4、5 各点的位置。

第一种方法是,先在图上确定出 1 点的位置,并测量 1、2 间的距离,按比例确定出 2 点的位置;然后从 2 点测量角度 β_2,确定 23 的方向,并测量 2、3 间的距离,按比例确定出 3 点的位置……以此类推,可以确定出多边形各顶点的位置。

第二种方法是,先确定出 A、B 两点,然后在 B 点测量出 BA 方向与 $B1$、$B2$、$B3$、$B4$、$B5$ 各方向之间的水平角度,并测量出 B 点到 1、2、3、4、5 各点的距离,从而确定出 1、2、3、4、5 各点的位置。

请问是第一种方法好还是第二种方法好?为什么?

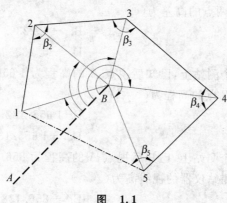

图   1.1

第**2**章 Chapter 2

水 准 测 量

一、单项选择题

1. 在水准测量的一个测站上,读得后视点 A 的读数为 1.365,读得前视点 B 的读数为 1.598,则可求得 A、B 两点的高差为(   )。

    A. 0.223
               B. −0.223

    C. 0.233
               D. −0.233

2. 在水准测量的一个测站上,已知后视点 A 的高程为 1 656.458,测得 A、B 两点的高差为 1.326,则可求得 B 点的高程为(   )。

    A. 1 657.784
                B. 1 655.132

    C. −1 657.784
             D. −1 655.132

3. 在水准测量的一个测站上,已知后视点 A 的高程为 856.458,测得后视点 A 的读数为 1.320,则可求得该测站仪器的视线高为(   )。

    A. 855.138
                B. −855.138

    C. 857.778
               D. −857.778

4. 在水准测量的一个测站上,已知仪器的视线高为 2 856.458,测得前视点的读数为 1.342,则可求得前视点的高程为(   )。

    A. 2 855.116
               B. −2 855.116

    C. 2 857.800
             D. −2 857.800

5. 测绘仪器的望远镜中都有视准轴,视准轴是十字丝交点与(   )的连线。

    A. 物镜中心
             B. 目镜中心

    C. 物镜光心
             D. 目镜光心

6. 在普通微倾式水准仪上,用来粗略调平仪器的水准器是(   )。

    A. 符合水准器
          B. 圆水准器

    C. 管水准器
             D. 水准管

7. 普通微倾式水准仪上,用来精确调平仪器的水准器是(   )。

    A. 符合水准器
          B. 圆水准器

    C. 精确水准器
           D. 水准盒

8. 水准器的分划值愈小,其灵敏度愈(　　)。

  A. 小　　　　　　　　　　　　B. 大

  C. 低　　　　　　　　　　　　D. 高

9. 水准测量中常要用到尺垫,尺垫是在(　　)上使用的。

  A. 前视点　　　　　　　　　　B. 中间点

  C. 转点　　　　　　　　　　　D. 后视点

10. 用水准测量的方法测定的高程控制点,称为(　　)。

  A. 导线点　　　　　　　　　　B. 水准点

  C. 图根点　　　　　　　　　　D. 控制点

11. 在水准测量中,起传递高程作用的点称为(　　)。

  A. 水准点　　　　　　　　　　B. 前视点

  C. 后视点　　　　　　　　　　D. 转点

12. 水准仪圆水准器轴平行于仪器竖轴的检验方法是:安置好仪器后,先调节圆水准气泡居中,然后将仪器绕竖轴旋转(　　),来观察气泡是否居中,以说明条件是否满足。

  A. 60°　　　　B. 90°　　　　C. 120°　　　　D. 180°

13. 在水准测量中,对于(　　),可采用在起终点之间设置偶数站的方法,以消除其对高差的影响。

  A. 视差　　　　　　　　　　　B. 水准尺零点误差

  C. 仪器下沉误差　　　　　　　D. 读数误差

14. 用普通水准仪进行观测时,通过转动(　　)使符合水准气泡居中。

  A. 调焦螺旋　　　　　　　　　B. 脚螺旋

  C. 微动螺旋　　　　　　　　　D. 微倾螺旋

二、多项选择题

1. 在普通水准测量中,高程的计算方法有(　　)。

  A. 水准面法　　　　　　　　　B. 水平面法

  C. 视线高法　　　　　　　　　D. 高差法

2. 在普通水准测量的一个测站上,所读的数据有(　　)。

  A. 前视读数　　　　　　　　　B. 后视读数

  C. 上视读数　　　　　　　　　D. 下视读数

3. 普通微倾式水准仪的主要组成部分有(　　)。

  A. 三脚架　　　　　　　　　　B. 基座

  C. 望远镜　　　　　　　　　　D. 水准器

4. 普通微倾式水准仪上装置的水准器通常有(　　)。

  A. 指示水准器　　　　　　　　B. 圆水准器

  C. 管水准器　　　　　　　　　D. 照准部水准器

5. 普通微倾式水准仪的基本操作程序包括安置仪器、(　　)和读数。

  A. 粗略整平　　　　　　　　　B. 对中

　　　C. 照准目标　　　　　　　　　　　　D. 精确整平

　　6. 根据水准点使用时间的长短及其重要性,将水准点分为(　　　)。

　　　A. 标准水准点　　　　　　　　　　　B. 普通水准点

　　　C. 临时水准点　　　　　　　　　　　D. 永久水准点

　　7. 在一般工程测量中,常采用的水准路线形式有(　　　)。

　　　A. 闭合水准路线　　　　　　　　　　B. 三角水准路线

　　　C. 附合水准路线　　　　　　　　　　D. 支水准路线

　　8. 为了检核观测错误,水准测量工作中要对各测站的观测高差进行检核,这种检核称为测站检核。常用的测站检核方法有(　　　)。

　　　A. 计算检核法　　　　　　　　　　　B. 限差检核法

　　　C. 变更仪器高法　　　　　　　　　　D. 双面尺法

　　9. 在各种测量工作中,根据工程需要,必须对测量仪器定期或者不定期地进行检验和校正。水准仪应满足的几何条件有(　　　)。

　　　A. 圆水准器轴应平行于仪器竖轴　　　B. 水准管轴应平行于视准轴

　　　C. 十字丝横丝应该水平　　　　　　　D. 十字丝竖丝应该竖直

三、填空题

　　1. 水准测量是借助水准仪提供的一条水平视线,配合带有分划的水准尺,利用几何原理测出地面上两点之间的_____。

　　2. 测量工作中,安置仪器的位置称为_____,安置一次仪器称为_____。

　　3. 望远镜主要由_____、_____、_____和十字丝分划板组成。

　　4. 望远镜中十字丝的作用是提供照准目标的标准。十字丝中丝的上、下对称的两根短横丝是用来测量距离的,称为_____。

　　5. 水准管上 2mm 圆弧所对的圆心角,称为_____,用字母 τ 表示。

　　6. 调节脚螺旋粗略整平仪器时,气泡移动方向与左手大拇指旋转脚螺旋时的方向_____,与右手大拇指旋转脚螺旋时的方向_____。

　　7. 符合气泡左侧半影像的移动方向,与用右手大拇指转动微倾螺旋的方向_____。

　　8. 用水准测量的方法测定的_____,称为水准点(Bench Mark),一般缩写为 BM。

　　9. 水准点埋设后,应绘出水准点的点位略图,称为_____,以便于日后寻找和使用。

　　10. 从一个已知高程的水准点出发进行水准测量,最后测量到另一已知高程的水准点上,所构成的水准路线,称为_____。

　　11. 低于国家等级的普通水准测量,称为_____,又称五等水准测量。

　　12.《工程测量规范》规定,五等水准测量时,高差闭合差的容许误差为_____。

　　13. 附合水准路线的高差闭合差计算式为_____,闭合水准路线的高差闭合差计算式为_____,支水准路线的高差闭合差计算式为_____。

　　14. 按测站数进行高差闭合差的调整时,高差改正数计算式为_____;按测段长度进行高差闭合差的调整时,高差改正数计算式为_____。

四、判断题

1. 水准测量的原理,是利用水准仪所提供的一条水平视线,配合带有刻划的标尺,测出两点间的高差。　　　　　　　　　　　　　　　　　　　　　　　　　（　　）

2. 在水准测量中,利用高差法进行计算时,两点的高差等于前视读数减后视读数。
　　　　　　　　　　　　　　　　　　　　　　　　　　　　　　　　（　　）

3. 在水准测量中,利用视线高法进行计算时,视线高等于后视读数加上仪器高。
　　　　　　　　　　　　　　　　　　　　　　　　　　　　　　　　（　　）

4. 在水准测量中,用视线高法计算高程时,前视点高程等于视线高加上前视读数。
　　　　　　　　　　　　　　　　　　　　　　　　　　　　　　　　（　　）

5. 测绘仪器的望远镜中都有视准轴,视准轴是十字丝交点与目镜光心的连线。
　　　　　　　　　　　　　　　　　　　　　　　　　　　　　　　　（　　）

6. 管水准器的玻璃管内壁为圆弧,圆弧的中心点称为水准管的零点。通过零点与圆弧相切的切线称为水准管轴。　　　　　　　　　　　　　　　　　　　　　（　　）

7. 水准器内壁 2mm 弧长所对应的圆心角,称为水准器的分划值。　　　　（　　）

8. 水准器的分划值越小,其灵敏度越高,用来整平仪器的精度也越高。　　（　　）

9. 水准测量中常要用到尺垫,尺垫的作用是防止点被移动。　　　　　　　（　　）

10. 当观测者的眼睛在测绘仪器的目镜处晃动时,若发现十字丝与目标影像相对移动,这种现象称为视差。　　　　　　　　　　　　　　　　　　　　　　　　　（　　）

11. 产生视差的原因是由于观测者眼睛晃动造成的。　　　　　　　　　　（　　）

12. 产生视差的原因是由于观测者视力不好造成的。　　　　　　　　　　（　　）

13. 在水准测量的一个测站上,读得后视点 A 的读数为 1.460,读得前视点 B 的读数为 1.786,则后视点比前视点高。　　　　　　　　　　　　　　　　　　　　　（　　）

14. 一闭合水准路线共测量了四段,各段的观测高差分别为 +4.721、-1.032、-3.753、+0.096,则高差闭合差为 +0.032。　　　　　　　　　　　　　　　（　　）

15. 某工程在进行水准测量时,按规范计算出的高差闭合差的容许误差为 24mm,而以观测结果计算出的实际高差闭合差为 -0.025m,这说明该水准测量的外业观测成果合格。　　　　　　　　　　　　　　　　　　　　　　　　　　　　　　　（　　）

16. 某工程在进行水准测量时,按规范计算出的高差闭合差的容许误差为 28mm,而以观测结果计算出的实际高差闭合差为 -0.026m,这说明该水准测量的外业观测有错误。　　　　　　　　　　　　　　　　　　　　　　　　　　　　　　　　（　　）

17. 进行水准测量时,每测站尽可能使前、后视距离相等,可以消除或减弱水准管轴与视准轴不平行的误差对测量结果的影响。　　　　　　　　　　　　　　　　　（　　）

18. 进行水准测量时,每测站尽可能使前、后视距离相等,可以消除或减弱视差对测量结果的影响。　　　　　　　　　　　　　　　　　　　　　　　　　　　　　（　　）

19. 进行水准测量时,每测站尽可能使前、后视距离相等,可以消除或减弱水准管气泡居中不严格对测量结果的影响。　　　　　　　　　　　　　　　　　　　　　（　　）

20. 因为在自动安平水准仪上没有水准管,所以不需要进行视准轴不水平的检验与校正。　　　　　　　　　　　　　　　　　　　　　　　（　　）

五、简答题

1. 什么是高差法?

2. 什么是视线高法?

3. 什么是水准管零点?

4. 什么是水准管轴?

5. 什么是圆水准器轴?

6. 什么是视差?

7. 产生视差的原因是什么？

8. 如何消除视差？

9. 什么是闭合水准路线？

10. 什么是支水准路线？

11. 什么是水准测量的转点？

12. 普通水准测量中如何进行计算检核？

13. 什么是测站检核?

14. 自动安平水准仪与微倾式水准仪有什么区别?

15. 微倾式水准仪的主要轴线有哪些?

16. 微倾式水准仪在结构上应该满足的几何关系有哪些?

17. 水准测量误差来源于哪些方面?

六、计算题

1. 一段水准路线,从已知点 A 开始观测,共测了五个测站。已知 $H_A = 40.093$m,观测数据如图 2.1 所示(单位为 mm)。请在表 2.1 中计算 B 点的高程 H_B,并进行计算检核。

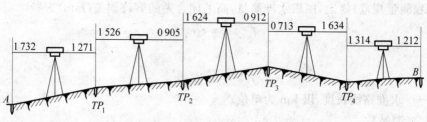

图 2.1

表 2.1   单位：m

测 点	水准尺读数		高　差		高　程	备　注
	后视 a	前视 b	＋	－		
A						
TP_1						
TP_2						
TP_3						
TP_4						
B						
计算 检核						

2. 一条图根附合水准路线，观测数据标于图 2.2 中，请在表 2.2 中进行平差计算，求出 A、B 两点的高程 H_A、H_B。

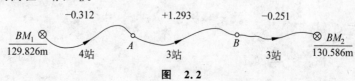

图 2.2

《工程测量规范》规定,图根水准测量,高差闭合差的容许误差(mm)为

$$f_{h容} = \pm 40 \sqrt{L}$$

或

$$f_{h容} = \pm 12 \sqrt{n}$$

式中,L——水准路线长度,以 km 为单位;

　　n——测站数。

表　2.2

点号	测站数	高差/m	改正数/mm	改正高差/m	高程/m	备　注
BM_1						
A						
B						
BM_2						
辅助计算						

3. 对图 2.3 所示的一段等外支水准路线进行往返观测,路线长为 1.2km,已知水准点为 BM_8,待测点为 P。已知点的高程和往返测量的高差数值标于图 2.3 中,试检核测量成果是否满足精度要求。如果满足,请计算出 P 点高程。

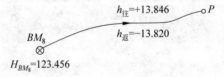

$h_{往}=+13.846$　　P

$h_{返}=-13.820$

BM_8

$H_{BM_8}=123.456$

图　2.3

4. 图 2.4 所示为一图根闭合水准路线示意图,水准点 BM_2 的高程为 $H_{BM_2}=$ 845.515m。1、2、3、4 点为待定高程点,各测段高差及测站数均标注在图 2.4 中。请在表 2.3 中进行平差计算,求出各待定点的高程 H_1、H_2、H_3、H_4。

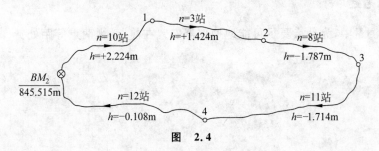

图 2.4

表 2.3

点号	测站数	高差/m	改正数/mm	改正高差/m	高程/m	备 注
BM_2						
1						
2						
3						
4						
BM_2						
辅助计算						

5. 已知 A、B 两点的精确高程分别为 $H_A=644.286$m,$H_B=644.175$m。水准仪安置在 A 点附近,测得 A 尺上读数 $a=1.466$m,B 尺上读数 $b=1.545$m。问这架仪器的水准管轴是否平行于视准轴?若不平行,应如何进行校正?

七、思考题

在水准测量中,为什么要尽可能地把仪器安置在前、后视两点等距处?

第 **3** 章

角 度 测 量

一、单项选择题

1. 在进行水平角度观测时,测回法适用于观测( )方向间的水平角度。

   A. 一个   B. 二个

   C. 三个   D. 四个

2. 角度测量中,当以盘左位置观测时称为( )。

   A. 左角   B. 右角

   C. 正镜   D. 倒镜

3. 用光学经纬仪按测回法进行水平角度测量,当进行多测回法观测时,为了减少度盘刻划不均匀误差的影响,各测回间应按( )的差值变换度盘起始位置。

   A. $90/n$ B. $180/n$

   C. $270/n$ D. $360/n$

4. 在进行水平角度观测时,方向观测法适用于观测( )方向间的水平角度。

   A. 一个及一个以上   B. 二个及二个以上

   C. 三个及三个以上   D. 四个及四个以上

5. 用经纬仪进行水平角度测量时,采用盘左、盘右两个盘位进行观测取平均值的方法,可以消除( )对观测结果的影响。

   A. 视准轴不垂直于横轴的误差   B. 外界条件的影响

   C. 仪器对中的误差   D. 仪器整平的误差

6. 用测回法观测一个水平角度时,测得上半测回的角值为 $60°12'24''$,下半测回的角值为 $60°12'06''$,则一测回角值为( )。

   A. $120°24'30''$ B. $60°12'15''$

   C. $0°00'18''$ D. $0°00'09''$

7. 经纬仪照准部的旋转轴称为仪器的( )。

   A. 竖轴   B. 横轴

   C. 视准轴   D. 水准管轴

二、多项选择题

1. 光学经纬仪一般由( )组成。
    A. 望远镜　　　　　　　　　　B. 照准部
    C. 基座　　　　　　　　　　　D. 水平度盘
2. 经纬仪的技术操作包括仪器安置、( )和读数等工作。
    A. 对中　　　　　　　　　　　B. 整平
    C. 精平　　　　　　　　　　　D. 照准
3. 经纬仪轴线间应满足的几何条件有( )。
    A. 照准部水准管轴应垂直于仪器竖轴
    B. 望远镜视准轴应垂直于仪器横轴
    C. 仪器横轴应垂直于仪器竖轴
    D. 十字丝横丝应该垂直于视准轴
4. 常用的水平角测量的方法有( )。
    A. 单丝观测法　　　　　　　　B. 三丝观测法
    C. 方向观测法　　　　　　　　D. 测回法
5. 竖直角度简称竖直角,又称( )。
    A. 垂直角　　　　　　　　　　B. 高度角
    C. 斜度角　　　　　　　　　　D. 倾角
6. 角度测量时,采用盘左、盘右观测取平均值的方法,可以消除( )的误差。
    A. 视准轴不垂直于横轴　　　　B. 横轴不垂直于竖轴
    C. 水准管轴不垂直于竖轴　　　D. 水平度盘偏心

三、填空题

1. 水平角用于确定地面点位的_____。
2. 竖直角用于测定地面点的_____,或将竖直面中的_____换算成水平距离。
3. 测回法是测量水平角的基本方法,常用来观测_____目标之间的单一角水平角度。
4. 方向观测法,适用于在一个测站上观测_____方向间的角度。
5. 用方向观测法进行角度观测时,所选定的起始方向称为_____。

四、判断题

1. 空间两条相交直线在水平面上投影的夹角称为竖直角。　　　　　　　　( )
2. 在同一竖直面内,一点到观测目标的方向线与水平方向线之间的夹角称为水平角。　　　　　　　　　　　　　　　　　　　　　　　　　　　　　　( )
3. 经纬仪对中的目的,是使仪器中心(即水平度盘中心)与测站点标志位于同一条铅垂线上。　　　　　　　　　　　　　　　　　　　　　　　　　　　　( )
4. 经纬仪整平的目的,是使仪器竖轴竖直,使水平度盘处于水平位置。　　( )

5. 进行水平角度测量时,采用在各测回间变换度盘位置的方法,取各测回平均值,可以减弱光学经纬仪水平度盘刻划不均匀对水平角度测量结果的影响。 （ ）

6. 进行水平角度测量时,采用盘左、盘右观测取平均值的方法,可以消除水准管轴不垂直于竖轴的误差。 （ ）

五、简答题

1. 什么是水平角?

2. 什么是竖直角?

3. 照准部水准管有什么作用?

4. 经纬仪的技术操作包括哪些步骤?

5. 什么是全圆方向观测法?

6. 什么是方向观测法?

7. 经纬仪的主要轴线有哪些?

8. 经纬仪在结构上应该满足的几何关系有哪些?

9. 水准管轴垂直于竖轴($LL \perp VV$)的检验是如何进行的?

六、计算题

1. 整理表 3.1 中的测回法水平角观测记录。用 DJ6 光学经纬仪观测,要求半测回差及各测回互差均小于 $\pm 40''$。

表　3.1

测站	盘位	目标	水平度盘读数	水 平 角		各测回平均角值
				半测回角值	一测回角值	
O 第一测回	左	A	0°01′00″			
		B	88°20′48″			
	右	A	180°01′30″			
		B	268°21′12″			
O 第二测回	左	A	90°00′06″			
		B	178°19′36″			
	右	A	270°00′36″			
		B	358°20′00″			

2. 用测回观测水平角时,若要求观测三个测回,各测回盘左起始方向水平度盘读数应配置为多少?

3. 整理表 3.2 中的全圆方向观测法观测记录。

表 3.2

测站	测回数	目标	水平盘读数		2C/(″)	(左+(右±180))/2 方向值/(° ′ ″)	归零方向值/(° ′ ″)	各测回平均方向值/(° ′ ″)	角值/(° ′ ″)
			盘左	盘右					
O	1	A	0°02′30″	180°02′36″					
		B	60°23′36″	240°23′42″					
		C	225°19′06″	45°19′18″					
		D	290°14′54″	110°14′48″					
		A	0°02′36″	180°02′42″					
	2	A	90°03′30″	270°03′24″					
		B	150°23′48″	330°23′30″					
		C	315°19′42″	135°19′30″					
		D	20°15′06″	200°15′00″					
		A	90°03′24″	270°03′18″					

4. 整理表 3.3 中的竖直角观测计算。所用仪器盘左视线水平时竖盘读数为 $90°$，上仰望远镜时读数减小。

表 3.3

测站	目标	盘位	竖盘读数	半测回角值	指标差	一测回角值	备 注
A	B	左	$78°18'24''$				要求指标差 小于 $±30''$
		右	$281°42'00''$				
	C	左	$91°32'42''$				
		右	$268°27'30''$				

距 离 测 量

一、单项选择题

1. 当两点间距离较长或者地面起伏较大时,为了分段测量距离,要在欲量直线的方向上确定一些点,这项工作称为( )。

 A. 直线定向   B. 直线定线

 C. 直线测定   D. 直线测设

2. 在测量工作中,( )的精度要用相对误差来衡量。

 A. 高程测量   B. 水准测量

 C. 角度测量   D. 距离测量

3. 测距仪按测程分为( )类。

 A. 二   B. 三

 C. 四   D. 五

4. 测距仪按精度分( )级。

 A. 三   B. 四

 C. 五   D. 六

5. 用水准仪进行视距测量时,仪器视线水平,此时水平距离是尺间隔 l 的( )倍。

 A. 300   B. 200

 C. 100   D. 50

6. 视距测量操作简便,不受地形限制,但精度比较低,相对精度约为( )。

 A. 1/300   B. 1/500

 C. 1/1 000   D. 1/2 000

二、多项选择题

1. 直线定线工作一般可用( )方法进行。

 A. 拉线   B. 吊线   C. 目测   D. 仪器

2. 普通测量距离时用的钢卷尺,从外形上分为架式(手柄式)与盒式两种。根据尺端零点位置的不同,又分为( )等形式,实际测量时必须注意其差别。

 A. 单面尺   B. 双面尺

    C. 端点尺   D. 刻线尺

  3. 在倾斜地面丈量距离的方法包括(   )。

    A. 平量法   B. 斜量法

    C. 竖量法   D. 直量法

  4. 测量距离的方法有(   )。

    A. 钢尺量距   B. 光电测距仪测距

    C. 视线高法   D. 视距测量法

  5. 用钢尺量距时,其误差主要来源于(   )。

    A. 定线误差   B. 温度误差

    C. 高程误差   D. 角度误差

三、填空题

1. 两点间的水平距离,是指地面上两点垂直投影到_____上的直线距离。

2. 对于_____用绝对误差难以衡量其精度的高低,要采用相对误差进行衡量。

3. 尺长误差是因钢尺的名义长度和_____不相等产生的误差。

四、判断题

1. 在普通线路工程测量工作中,对一段距离进行了往返测量,测量结果分别为 1 000.010m 和 1 000.020m,则这段距离的测量精度达到了一般工程测量的精度要求。

                                                      (   )

2. 钢尺上所标注的长度,称为钢尺的实际长度。   (   )

3. 当量距精度要求较高时,应采用测量仪器进行定线。   (   )

五、简答题

1. 什么是水平距离?

2. 什么是直线定线?

3. 什么是相对误差?

六、计算题

1. 用钢尺丈量一直线,往返丈量的长度分别为 84.387m、84.396m,规定相对误差不大于 1/7 000,计算该测量成果是否满足精度要求?

2. 某工程使用钢尺丈量了一段距离,丈量时所用钢尺的尺长方程式为 $l_t = 30 + 0.002\,8 + 1.25 \times 10^{-5} \times (t-20) \times 30$。丈量时温度为 28.5℃,量得 AB 尺段的距离为 $L_{AB} = 28.946$m,并测得 AB 尺段的高差为 $h_{AB} = -1.189$m,丈量时采用标准拉力。计算 AB 尺段的实际水平距离 D_{AB}。

七、思考题

用钢尺进行量距,在高温天气时,会把距离量长还是会量短?

第5章

Chapter 5

直 线 定 向

一、单项选择题

1. 确定一条直线与基本方向间的关系称为(   )。
   A. 直线测设
   B. 直线定线
   C. 直线测定
   D. 直线定向

2. 在测量平面直角坐标系中,所用的方位角是(   )。
   A. 真方位角
   B. 假定方位角
   C. 坐标方位角
   D. 磁方位角

3. 以平行于纵坐标轴(坐标纵线)方向为基本方向,量至一条方向线的水平角度,称为(   )。
   A. 磁方位角
   B. 坐标方位角
   C. 真方位角
   D. 假定方位角

4. 一条直线的反坐标方位角为 123°,则其正坐标方位角为(   )。
   A. 303°
   B. 321°
   C. 57°
   D. -123°

5. 一条直线的坐标方位角为 198°,则其坐标象限角为(   )。
   A. 北东 18°
   B. 北西 18°
   C. 南东 18°
   D. 南西 18°

6. 一条直线的坐标方位角为 68°,则其坐标象限角为(   )。
   A. 北东 68°
   B. 北西 68°
   C. 南东 68°
   D. 南西 68°

二、填空题

1. 确定一条直线与标准方向之间的水平角度关系,称为_____。

2. 直线定向时,常用的标准方向有_____、_____和_____方向。

3. 在测量工作中,直线的方向一般是用_____表示的。

4. 从直线起点处的标准方向北端起,到直线的水平夹角,称为直线的_____。

5. 从直线起点处坐标纵轴方向的北端起,量到直线间的水平夹角,称为直线

的 _____ 。

6. 从直线端点的子午线北端或南端至直线间的锐角,称为直线的 _____ 。

三、简答题

1. 常用的标准方向有哪些?

2. 什么是真子午线方向?

3. 什么是磁子午线方向?

4. 什么是坐标纵轴方向?

5. 什么是方位角?

6. 什么是象限角?

四、计算题

1. AB 直线的坐标方位角为 $215°36'30''$,求象限角是多少?

2. 已知 *EF* 直线的方位角为 347°48′24″,求象限角是多少?

3. 已知 *MN* 的坐标方位角为 145°30′54″,求其反坐标方位角是多少?

4. 如图 5.1 所示,已知 *AC* 边的坐标方位角为 $\alpha_{AC} = 148°26′15″$,置镜 *C* 点观测得角度 β_1、β_2 为 $\beta_1 = 62°34′42″$、$\beta_2 = 123°36′24″$,试计算 *CB* 边和 *CD* 边的坐标方位角 α_{CB} 和 α_{CD}。

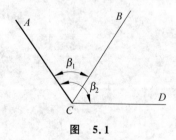

图　5.1

5. 如图 5.2 所示,已知 $\alpha_{AB} = 70°06'42''$,置镜 A、B 点测得角度 β_1、β_2、β_3 为 $\beta_1 = 85°36'24''$、$\beta_2 = 128°12'48''$、$\beta_3 = 119°24'06''$。试计算 BC、BD、AE 边的坐标方位角 α_{BC}、α_{BD}、α_{AE}。

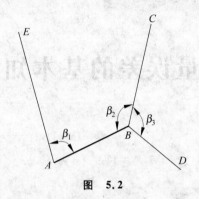

图 5.2

6. 如图 5.3 所示,已知 $\alpha_{AB} = 142°16'02''$,试计算 α_{AB}。

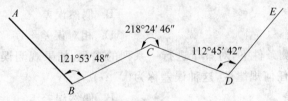

图 5.3

第 **6** 章

Chapter 6

测量误差的基本知识

一、单项选择题

1. 对测量工作来说,误差是( )的。
   A. 不可避免
   B. 可以避免
   C. 不允许发生
   D. 不允许存在

2. 对测量工作来说,错误是( )的。
   A. 不可避免
   B. 可以避免
   C. 不允许发生
   D. 不允许存在

3. 在相同观测条件下,对某量进行一系列的观测,如果观测误差的符号和大小不变,或按一定的规律变化,这种误差称为( )。
   A. 系统误差
   B. 偶然误差
   C. 绝对误差
   D. 相对误差

4. 在相同的观测条件下,对某量进行一系列的观测,如果观测误差的符号和大小都不一致,表面上没有任何规律性,这种误差称为( )。
   A. 系统误差
   B. 偶然误差
   C. 绝对误差
   D. 相对误差

5. 偶然误差的处理方法有( )种。
   A. 三
   B. 四
   C. 五
   D. 六

6. 系统误差的处理方法有( )种。
   A. 一
   B. 二
   C. 三
   D. 四

7. 在一定观测条件下,偶然误差的绝对值( )超过一定的限值。
   A. 会
   B. 不会
   C. 可能会
   D. 可能不会

8. 绝对值小的误差比绝对值大的误差出现的机会( )。
   A. 一样
   B. 不一样
   C. 少
   D. 多

9. 绝对值相等的正、负误差出现的机会（　　）。
 A. 相同
 B. 不相同
 C. 可能相同
 D. 可能不相同

10. 观测值之间的（　　），称为观测值的精度。
 A. 误差程度
 B. 错误程度
 C. 离散程度
 D. 集中程度

11. 偶然误差的算术平均值，随着观测次数的无限增加而趋向于（　　）。
 A. 无穷小
 B. 无穷大
 C. 0
 D. 1

12. 中误差所代表的是（　　）观测值的精度。
 A. 某一次
 B. 某一组
 C. 一个量
 D. 多个量

13. 在测量工作中，通常取（　　）倍的中误差作为容许误差。
 A. 1
 B. 2
 C. 3
 D. 4

二、多项选择题

1. 在测量工作中，由于（　　）的原因，使观测结果不可避免地存在着测量误差。
 A. 观测者
 B. 仪器
 C. 外界条件
 D. 计算

2. 根据测量误差对观测成果的影响性质，将误差分为（　　）。
 A. 仪器误差
 B. 计算误差
 C. 系统误差
 D. 偶然误差

3. 在测量工作中，为了评定观测成果的精度，制定的衡量精度的统一标准有（　　）。
 A. 中误差
 B. 计算误差
 C. 容许误差
 D. 相对误差

4. 在实际测量工作中，容许误差还称为（　　）等。
 A. 标准误差
 B. 极限误差
 C. 允许误差
 D. 限差

5. 系统误差的处理方法有（　　）。
 A. 检校仪器
 B. 进行多余观测
 C. 计算改正
 D. 采用适当的观测方法

6. 偶然误差的处理方法有（　　）。
 A. 提高仪器等级
 B. 进行多余观测
 C. 平差计算
 D. 采用适当的观测方法

7. 算术平均值称为最可靠值，又称（　　）。
 A. 似真值
 B. 近似值
 C. 最或然值
 D. 最或是值

三、填空题

1. 在测量工作中,常将观测者、仪器和外界条件,称为_____。

2. _____观测,称为等精度观测。

3. 对测量工作来说,_____是不可避免的,_____是不允许存在的。

4. 观测值之间的_____,称为观测值的精度。

5. 研究测量误差的目的之一,是对观测值的_____做出科学的评定。

6. 研究测量误差的目的之二,就是将带有误差的观测值进行处理,以求得_____。

四、判断题

1. 绝对值小的误差比绝对值大的误差出现的机会多。　　　　　　　　(　　)

2. 绝对值相等的正误差与负误差出现的机会不相同。　　　　　　　　(　　)

3. 绝对值大的误差比绝对值小的误差出现的机会多。　　　　　　　　(　　)

4. 在一定的观测条件下,偶然误差不会超过一定的限值。　　　　　　(　　)

5. 在工程测量工作中,一般以 2 倍的中误差作为容许误差,当精度要求不高时以 3 倍的中误差作为容许误差。　　　　　　　　　　　　　　　　　　(　　)

6. 在测量工作中,如果外业观测的误差大于容许误差,就需要进行平差计算,对每个观测值加上一个改正数就可以了。　　　　　　　　　　　　　　(　　)

五、简答题

1. 什么是系统误差?

2. 什么是偶然误差?

3. 偶然误差有哪些特性?

4. 什么是误差传播定律?

六、计算题

1. DJ6 型光学经纬仪，一测回的方向中误差 $m = \pm 6''$。求用该仪器观测角度，一测回的测角中误差是多少？如果要求某角度算术平均值的中误差 $m = \pm 5''$，用这种仪器需要观测几个测回？

2. 同精度丈量某直线 4 次，各次丈量结果分别为 87.935m、87.907m、87.910m、87.940m，求最或是值、观测值中误差、算术平均值中误差及其相对误差。请在表 6.1 中完成计算。

表　6.1

观测次数	观测值 L_i/m	改正数 v/mm	vv	计　算
1	87.935			
2	87.907			
3	87.910			
4	87.940			
$\sum$				

第 **7** 章 Chapter 7

小区控制测量

一、单项选择题

1. 一条导线从一已知控制点和已知方向出发,经过若干点,最后测到另一已知控制点和已知方向上,该导线称为( )。

    A. 支导线
        B. 复测导线

    C. 附合导线
        D. 闭合导线

2. 一条导线从已知控制点和已知方向出发,观测若干点,不回到起始点,也不测到另一已知控制点和已知方向上,该导线称为( )。

    A. 附合导线
        B. 环形导线

    C. 闭合导线
        D. 支导线

3. 已知点 A 的坐标为 $(2\,179.978, 1\,356.312)$,AB 边的坐标增量为 $X_{AB} = -107.865$、$Y_{AB} = 86.568$,则 B 点的坐标为( )。

    A. $(2\,072.113, 1\,269.744)$
        B. $(2\,287.843, 1\,442.880)$

    C. $(2\,287.843, 1\,269.744)$
        D. $(2\,072.113, 1\,442.880)$

4. 根据直线起点坐标、直线长度及其坐标方位角,计算直线终点坐标,称为( )。

    A. 坐标正算
        B. 坐标反算

    C. 距离计算
        D. 方位计算

5. 根据直线两端点的已知坐标,计算直线的长度及其坐标方位角,称为( )。

    A. 坐标正算
        B. 坐标反算

    C. 距离计算
        D. 方位计算

二、多项选择题

1. 在小地区测量工作中,控制测量包括( )。

    A. 平面控制测量
        B. 角度控制测量

    C. 高程控制测量
        D. 距离控制测量

2. 建立小区平面控制,一般采用的方法有( )。

    A. 三角测量
        B. 导线测量

    C. 交会测量
        D. 水准测量

3. 在一般工程测量中,根据测区的不同情况和要求,导线通常布设成( )。

    A. 闭合导线   B. 图根导线

    C. 附合导线   D. 支导线

4. 导线测量的外业工作包括踏勘选点、埋设标志、( )等工作。

    A. 角度测量   B. 边长测量

    C. 方位测量   D. 坐标测量

三、填空题

1. 在测区内依据测量规则和工作需要,选择若干个有控制意义的点,称为_____。

2. 控制点按一定的条件和规律,整体构成的几何图形,称为_____。

3. 在面积小于 $15km^2$ 范围内建立的控制网,称为_____。

4. 小区平面控制网,应根据测区面积的大小,按精度要求分级建立。在全测范围内建立的精度最高的控制网,称为_____控制网。

5. 为地形测量而建立的控制网,称为_____控制网。

6. 供地形测图使用的控制点,称为_____控制点,简称_____。

7. 小区高程控制测量常用的方法有_____及_____。

8. 交会测量是用三角形关系进行计算的,是三角测量的简单方式,包括角度_____、_____、_____和_____等。

9. 为了消除或减弱地球曲率和大气折光的影响,三角高程测量一般应进行_____观测,也称直、反觇观测。

四、判断题

1. 在测区范围内选定若干个对整体测量工作具有控制作用的点,称为控制点。( )

2. 用导线测量的方法建立的控制点,叫导线点。( )

3. 国家控制网,按精度由高到低分为一等、二等、三等、四等共四个等级。( )

4. 坐标正算,是根据某直线段两个端点的已知坐标,计算该直线段的水平距离和坐标方位角的工作。( )

5. 坐标反算,是根据某直线段的水平距离、坐标方位角和一个端点的已知坐标,计算该直线段另一个端点坐标的工作。( )

6. 将地面上的控制点组成一系列的三角形,测量所有三角形的水平内角,由已知边推算出其他边的长度,并根据起算数据计算出各控制点的平面坐标,称为导线测量。( )

7. 为测量地形图所建立的控制点,称为施工控制点。( )

8. 三角高程测量是根据两点间的水平距离(或倾斜距离)与竖直角计算两点间的高差,再计算出所求点的高程。( )

五、简答题

1. 什么是导线?

2. 什么是导线测量?

3. 导线测量的外业工作有哪些?

4. 导线内业计算的目的是什么?

5. 什么是坐标正算?

6. 什么是坐标反算？

六、计算题

1. 如图 7.1 所示，已知控制点 A、B 的坐标为（$X_A=1\,362.851$m，$Y_A=1550.458$m）、（$X_B=2027.342$m，$Y_B=1640.339$m），并测得 $\beta_A=56°36'48''$、$\beta_B=60°35'45''$，试完成下列计算：

① AB 边的坐标方位角。

② AB 边的水平距离。

③ AP 边的水平距离。

④ BP 边的水平距离。

⑤ AP 的坐标方位角。

⑥ BP 的坐标方位角。

⑦ 由 A 点计算 P 点的坐标。

⑧ 由 B 点推算 P 点的坐标。

⑨ 由角度前方交会的计算公式（主教材中的式(7.29)）计算 P 点的坐标。

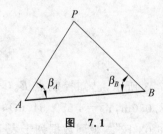

图 7.1

2. 如图 7.2 所示的支导线,已知 $\alpha_{AB} = 138°46'42''$、$X_B = 3\ 647.582$m、$Y_B = 6\ 845.286$m,测得各水平角为 $\beta_0 = 86°46'24''$、$\beta_1 = 272°34'36''$,测得各段水平距离为 $D_{B1} = 178.772$m、$D_{12} = 136.856$m,请在表 7.1 中计算 1、2 点的坐标。

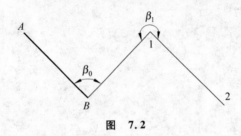

图 7.2

表 7.1

点号	观测角(左角)	坐标方位角	边长/m	坐标增量		坐标	
				ΔX/m	ΔY/m	X/m	Y/m
A							
B	86°46′24″	138°46′42″				3 647.582	6 845.286
1	272°34′36″		178.772				
2			136.856				

3. 一图根附合导线如图 7.3 所示,已知控制点 B、C 的坐标为 $(X_B = 8\ 865.810$m, $Y_B = 5\ 055.340$m)、$(X_C = 9\ 048.030$m,$Y_C = 4\ 559.940$m)、AB 边、CD 边的坐标方位角分别为 $\alpha_{AB} = 236°56'08''$、$\alpha_{CD} = 266°03'12''$。观测数据列于表 7.2 中,试在表 7.2 中平差计算各导线点的坐标。

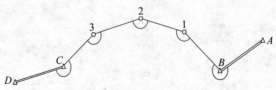

图 7.3

表 7.2

点号	水平角（左角）		坐标方位角	边长 D/m	坐标增量		改正坐标增量		坐 标	
	观测角	改正角			ΔX/m	ΔY/m	$\Delta X'$/m	$\Delta Y'$/m	X/m	Y/m
A										
			236°56′08″							
B	261°07′50″								8 865.810	5 055.340
				156.136						
1	174°45′20″									
				133.062						
2	143°47′40″									
				155.635						
3	156°22′47″								9 048.030	4 559.940
				145.141						
C	193°02′30″									
			266°03′12″							
D										
Σ										
辅助计算										

4. 一图根闭合导线如图 7.4 所示，已知控制点 A 的坐标为（$X_A = 6\,368.296$m, $Y_A = 2\,524.278$m）；$\alpha_{A1} = 323°07′15″$。观测数据列于表 7.3 中，试在表 7.3 中平差计算各导线点的坐标。

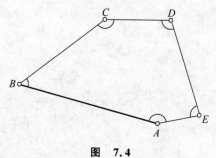

图 7.4

表 7.3

点号	水平角（左角）		坐标方位角	边长 D/m	坐标增量		改正坐标增量		坐 标	
	观测角	改正角			$\Delta X/m$	$\Delta Y/m$	$\Delta X'/m$	$\Delta Y'/m$	X/m	Y/m
A									6 368.296	2 524.278
			323°07′15″	155.552						
B	60°33′15″									
				111.096						
C	139°05′06″									
				76.578						
D	95°23′12″									
				123.684						
E	88°58′31″									
				25.775						
A	156°00′48″								6 368.296	2 524.278
			323°07′15″							
B										
$\sum$										
辅助计算										

第 **8** 章

大比例尺地形图

一、单项选择题

1. 比例尺为 1∶1 000 的地形图属于（　　）地形图。
   A. 小比例尺　　　　　　　　　　　　B. 中比例尺
   C. 大比例尺　　　　　　　　　　　　D. 常规比例尺

2. 一组环形等高线，里圈等高线的高程大于外圈等高线的高程，这一组环形等高线表示的是（　　）。
   A. 洼地　　　　　　B. 山头　　　　　　C. 山脊　　　　　　D. 山谷

3. 某幅地形图的基本等高距为 1m，则其首曲线的高程为（　　）的倍数。
   A. 1m　　　　　　　　　　　　　　B. 2m
   C. 3m　　　　　　　　　　　　　　D. 5m

4. 某幅地形图的基本等高距为 2m，则其计曲线的高程为（　　）的倍数。
   A. 2m　　　　　　　　　　　　　　B. 3m
   C. 5m　　　　　　　　　　　　　　D. 10m

5. 某幅地形图的基本等高距为 1m，则其计曲线的高程为（　　）的倍数。
   A. 1m　　　　　　　　　　　　　　B. 2m
   C. 5m　　　　　　　　　　　　　　D. 10m

6. 在比例尺为 1∶500 的地形图上量得两点间的图上距离为 36mm，则这两点的实际水平距离是（　　）。
   A. 18 000m　　　　　　　　　　　　B. 1 800m
   C. 180m　　　　　　　　　　　　　D. 18m

7. 在比例尺为 1∶1 000 的地形图上量得两点的图上距离为 36mm，则这两点的实际水平距离是（　　）。
   A. 36 000m　　　　　　　　　　　　B. 3 600m
   C. 360m　　　　　　　　　　　　　D. 36m

8. 在比例尺为 1∶2 000 的地形图上量得两点的图上距离为 36mm，则这两点的实际水平距离是（　　）。
   A. 72m　　　　　　　　　　　　　　B. 36m

C. 18m   D. 9m

9. 已知 A、B 两点间的高差为 $-3m$,两点间的水平距离为 30m,则 A、B 两点间的坡度为(   )。

    A. -10% B. 10%

    C. 1% D. -1%

10. 已知 M、N 两点间的高差为 4m,两点间的水平距离为 800m,则 M、N 两点间的坡度为(   )。

    A. 5% B. $5‰$

    C. 50% D. $50‰$

二、多项选择题

1. 地形图上表示地物的符号包括(   )和说明注记符号。

    A. 宽度符号   B. 比例符号

    C. 半比例符号   D. 非比例符号

2. 在地形图中,主要用等高线来表示地面的起伏形态。等高线有(   )、间曲线和助曲线。

    A. 基本等高线   B. 加粗等高线

    C. 平曲线   D. 竖曲线

3. 地形图上线段的长度与它所代表的实际水平距离之比,称为地形图比例。比例尺主要有(   )。

    A. 数字比例尺   B. 图示比例尺

    C. 大比例尺   D. 小比例尺

4. 等高线具有密陡稀缓性、等高性及(   )等特性。

    A. 闭合性   B. 相交性

    C. 非交性   D. 正交性

三、填空题

1. 地面上有明显轮廓的固定性物体,如江河、湖泊、桥梁、房屋等,称为_____。

2. 地球表面高低起伏的形态,如高山、峡谷、丘陵、平原、洼地等,称为_____。

3. 将地面上各种地物和地貌沿垂直方向投影到水平面上,并按给定的比例尺,用统一规定的符号,将其缩绘在图纸上,称为_____。

4. 图上主要表示地物平面位置的地形图,称为_____。

5. 在地形图上表示地物类别、形状、大小及位置的符号,称为_____。

6. 大比例尺地形图中常用_____表示地貌。

7. 沿着一个方向延伸的高地称为山脊,山脊上最高点的连线称为山脊线或_____。

8. 在两山脊间沿着一个方向延伸的洼地称为山谷,山谷中最低点的连线称为山谷线或_____。

四、判断题

1. 地貌是指地表上具有明显轮廓,自然形成或者人工建设而成的固定性物体。（　　）

2. 地物是指地面高低起伏的自然形态。（　　）

3. 只测地物不测地貌的图称为平面图。（　　）

4. 图上线段长度与它所对应的地面线段长度之比,叫做比例尺的精度。（　　）

5. 地形图上 0.1mm 所代表的实际水平距离,叫做地形图的比例尺。（　　）

6. 地形图按其比例尺的大小可以分为大比例尺地形图、中比例尺地形图和小比例尺地形图。（　　）

7. 地面上高程相等的相邻点所连成的闭合曲线,称为等高距。（　　）

8. 相邻两条高程不同的等高线之间的高差,称为等高线平距。（　　）

9. 相邻两条等高线之间的水平距离,称为等高距。（　　）

10. 山脊是沿着一个方向延伸的高地,山脊最高点的连线称为集水线。（　　）

11. 在两山脊之间延伸的洼地称为山谷,山谷最低点的连线称为分水线。（　　）

12. 鞍部是相邻两山头之间的低凹处,为山脊线和两个山谷线会合的地方。（　　）

13. 同一条等高线上,各点的高程相等。（　　）

14. 高程相等的点,不一定在同一条等高线上。（　　）

15. 同一条等高线上,各点的高程不一定相等。（　　）

16. 高程相等的点,一定在同一条等高线上。（　　）

17. 在大范围内,等高线应该是闭合的。（　　）

18. 基本等高线又称加粗等高线。（　　）

19. 计曲线又称基本等高线。（　　）

20. 一般情况下,等高线不可相交。（　　）

21. 对于特殊地貌,等高线可能相交。（　　）

22. 地物与地貌的特征点称为碎部点。（　　）

23. 根据控制点,利用测绘仪器进行地形图的详细测绘,称为碎部测量。（　　）

24. 一幅地形图上的图名,即该幅图的名称,一般以该幅图内主要地名、村庄、行政单位或厂矿企业的名称来命名。（　　）

25. 一幅地形图上的接合图表,简称接图表,用来说明本图幅与相邻图幅的关系。（　　）

26. 在场地平整测量中,不填不挖的点称为零点,各相邻零点的连线称为填挖线。（　　）

27. 在一般建设工程中,要求挖方量与填方量大致相等,称为土方平衡。（　　）

五、简答题

1. 什么是地形?

2. 什么是地形图的比例尺?

3. 什么是比例尺的精度?

4. 什么是地形图的图名?

5. 什么是等高线?

6. 什么是等高线平距?

7. 什么是等高距?

8. 什么是示坡线?

9. 什么是数字地形图?

10. 什么是开挖线?

11. 什么是汇水面积?

六、计算题

1. 一个四边形的场地,各点坐标列于表 8.1 中,请按主教材中的式(8.11)计算四边形的面积。

表 8.1

坐 标	1	2	3	4
X	368.296	405.378	341.914	313.360
Y	524.278	605.639	631.208	554.952

2. 根据图 8.1 完成以下计算:
① 求 A、B、C 三点的高程。
② 求 A、B、C 三点的坐标。

③ 求 AB、BC 的坐标方位角。

④ 求 AB、BC 之间的水平距离。

⑤ 确定 AB、BC 的平均坡度,并比较其陡缓。

⑥ 在 A、B 之间选定一条坡度为 15% 的最短路线。

⑦ 绘出 A、D 间的断面图。

⑧ 由 C 点往 B 点方向量 50 米,由 C 点往 D 点方向量 50 米,组成四边形,按 10m 的方格整理成填、挖土石方量均衡的水平场地,试计算填、挖土石方量。

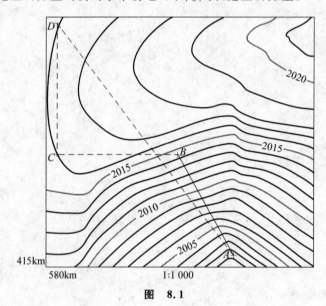

图　8.1

测设的基本工作与方法

一、单项选择题

1. 在进行高程测设时,已知点的高程为120.376,欲测设点的高程为121.000。安置好水准仪后,观测得到已知点上水准尺的读数为1.246,则欲测设点的水准尺读数为（　　）。

    A. 0.376　　　　　　　　　　　　B. 0.622

    C. 1.870　　　　　　　　　　　　D. 1.376

2. 在地面上测设已知坡度的方法有（　　）和倾斜视线法。

    A. 极坐标法　　　　　　　　　　B. 直角坐标法

    C. 水平视线法　　　　　　　　　D. 距离交会法

3. 使用测量仪器和工具,根据已有的控制点或地物点,按照设计要求,采用一定的方法,将图样上规划设计的建(构)筑物的位置标定到地面上,称为（　　）。

    A. 测设　　　　　　　　　　　　B. 测定

    C. 测量　　　　　　　　　　　　D. 测图

二、多项选择题

1. 测设的基本工作包括测设已知水平距离及（　　）等工作。

    A. 测设已知坐标　　　　　　　　B. 测设已知水平角

    C. 测设已知高程　　　　　　　　D. 测设已知方位

2. 测设点的平面位置的方法有直角坐标法和（　　）。

    A. 极坐标法　　　　　　　　　　B. 角度交会法

    C. 水平视线法　　　　　　　　　D. 距离交会法

3. 用水准仪测设坡度的方法有（　　）。

    A. 高差法　　　　　　　　　　　B. 视线高法

    C. 水平视线法　　　　　　　　　D. 倾斜视线法

4. 使用测量仪器和工具,根据已有的控制点或地物点,按照设计要求,采用一定的方法,将图样上规划设计的建(构)筑物的平面位置标定到地面上,称为（　　）。

    A. 测定　　　　　　　　　　　　B. 测设

C. 抄平   D. 放样

三、简答题

1. 正倒镜分中法是如何测设水平角的?

2. 什么是水平视线法?

3. 什么是倾斜视线法?

4. 正倒镜分中法是如何测设直线的?

四、计算题

1. A、B 两点的设计水平距离为 18m,需要在倾斜地面上进行测设。测设时采用标准拉力,测设时的温度为 $t=8℃$,测设所用钢尺的尺长方程式为 $l_t=30+0.002\ 6+1.25×10^{-5}×(t-20)×30$,测设之前经过初步概量定出了 B 点,并测得 A、B 两点高差 $h_{AB}=+1.262m$,请计算放样的名义长度应该是多少。

2. 在地面上测设一个直角 $∠AOB$,先用正倒镜分中法测设出该直角后,用四个测回测得其平均角值为 $89°59'12''$,已知 OB 的长度为 50.000m,问在垂直于 OB 的方向上,B 点应该向何方向移动多少距离才能得到 $90°$ 的直角?

3. 建筑场地上水准点 A 的高程为 1 580.328m,欲在待建房屋近旁的电杆上测设出 ±0.000 的标高。±0.000 的设计高程为 1 580.800m。安置水准仪后,在水准点 A 上所立水准尺的读数为 1.267m,试说明测设方法。

4. 建筑场地有 A、B 两个控制点,如图 9.1 所示。已知 $\alpha_{AB}=321°21'48''$,A 点的坐标为 $(X_A=614.226\text{m},Y_A=886.927\text{m})$;$P$ 为待测设点,其设计坐标为 $(X_P=642.364\text{m},Y_P=885.028\text{m})$。请用极坐标法计算从 A 点测设 P 点所需的数据,并说明测设方法。

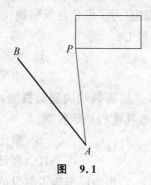

图 9.1

第10章 Chapter 10

建筑工程测量

一、单项选择题

1. 施工高程控制网,常采用( )。
   - A. 导线网
   - B. 三角网
   - C. 三角高程网
   - D. 水准网

2. 在多层建筑墙身砌筑过程中,为了保证建筑物轴线位置正确,可用吊锤球或( )将轴线投测到各层楼板边缘或柱顶上。
   - A. 经纬仪
   - B. 水准仪
   - C. 目测
   - D. 水平尺

3. 在高层建筑施工过程中,建筑物轴线的竖向投测,主要有外控法和内控法。内控法有吊线坠法和( ),通过预留孔进行轴线投测。
   - A. 目测法
   - B. 激光铅垂仪法
   - C. 水准仪
   - D. 经纬仪

4. 工业厂房一般应建立( ),作为厂房施工测设的依据。
   - A. 导线网
   - B. 建筑基线
   - C. 建筑方格网
   - D. 厂房矩形控制网

5. 烟囱筒壁的收坡,通常是用( )来控制的。
   - A. 经纬仪
   - B. 激光铅垂仪法
   - C. 靠尺板
   - D. 坡度板

二、多项选择题

1. 施工平面控制网可以布设成三角网、( )。
   - A. 建筑方格网
   - B. 建筑基线
   - C. 水准网
   - D. 导线网

2. 建筑基线常用的布设形式有"一"字形、( )。
   - A. "L"形
   - B. "口"字形
   - C. "十"字形
   - D. "T"字形

3. 厂房预制构件安装测量包括（　　　）。

A. 基础安装测量

B. 柱子安装测量

C. 吊车梁安装测量

D. 屋架安装测量

三、填空题

1. 施工测量的检核工作非常重要,必须加强外业和内业的检核工作,遵循"＿＿＿＿＿"的基本原则。

2. 由正方形或矩形组成的施工平面控制网,称为＿＿＿＿＿,或称为＿＿＿＿＿。

3. 布设建筑方格网时,应根据总平面图上各建(构)筑物、＿＿＿＿＿的布置情况,结合现场的地形等条件综合确定。

4. 建筑方格网的主轴线应布设在建筑区的中部,与主要建筑物轴线＿＿＿＿＿。

5. 建筑施工场地的高程控制网,一般采用＿＿＿＿＿方法建立。

6. 施工场地的高程控制网,应布设成＿＿＿＿＿,以便检核。

7. 高程控制网可分为首级网和加密网,相应的水准点称为＿＿＿＿＿和＿＿＿＿＿。

8. 当基坑挖到一定深度时,应在基坑四壁离基坑底设计标高 0.5m 处,测设＿＿＿＿＿,作为检查基坑底标高和控制垫层的依据。

四、判断题

1. 建筑场地的高程控制测量,一般采用水准测量的方法建立。（　　　）

2. 建筑物的放线,就是将建筑物外廊各轴线交点测设在地面上,作为基础放样和细部放样的依据。（　　　）

3. 房屋基础墙是指±0.000m 以下的砖墙,它的高度常用基础皮数杆进行控制。（　　　）

4. 在建筑物墙体施工中,墙身各部位标高通常是用皮数杆进行控制的。（　　　）

5. 工业厂房一般应建立厂房矩形控制网,作为厂房测设的依据。（　　　）

6. 在工业建筑施工测量中,柱子安装测量的目的是使柱子位置正确、柱身铅垂及牛腿面高程符合设计要求。（　　　）

7. 在工业建筑施工测量中,吊车梁安装测量主要是保证吊车梁中线位置及其标高符合设计要求。（　　　）

8. 烟囱施工测量时,只要严格控制其中心位置正确,保证烟囱主体竖直即可。（　　　）

9. 用建筑方格网进行控制,适用于各种建筑场地。（　　　）

五、简答题

1. 施工测量的目的是什么?

2. 什么是建筑物的定位？

3. 什么是建筑物的放线？

六、计算题

如图 10.1 所示，"一"字形建筑基线 A'、O'、B' 三点已测设在地面上，经检测，$\beta' = 179°59'18''$。设计 AO、BO 的长度分别为 $a = 150.000$m、$b = 100.000$m，试求 A'、O'、B' 三点的调整值，并说明如何调整才能使三点成一直线。

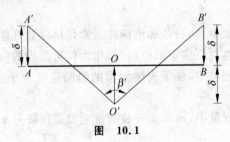

图　10.1

七、思考题

1. 如图 10.2 所示,已标出新建筑物的尺寸以及新建筑物与原有建筑物的相对位置尺寸,已知建筑物轴线距外墙皮 240mm,请问新建筑物的测设工作应如何进行?

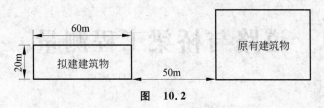

图　10.2

2. 编绘竣工总平面图的依据是什么?

第11章

Chapter 11

道路与桥梁工程测量

一、单项选择题

1. 在路线测量中,( )是传递直线方向的点。

   A. 主点   B. 中间点

   C. 转点   D. 交点

2. 路线测量中的整桩,是指按基本桩距的整倍数设置的桩,包括公里桩和( )。

   A. 主点桩   B. 百米桩

   C. 引桩   D. 轴线桩

3. 已知某路线交点的里程为 K3+135.120,在此处设置的圆曲线主元素:切线长为 44.072,曲线长为 84.474,外矢距为 7.873,切曲差为 3.670。则直圆点的里程为( )。

   A. K3+091.048   B. K3+050.646

   C. K3+127.247   D. K3+131.450

4. 圆曲线详细测设时,按照选定的桩距在曲线上测设桩位的方法有整桩距法和( )。

   A. 切基线法   B. 偏角法

   C. 极坐标法   D. 整桩号法

5. 圆曲线详细测设桩位的基本方法有切线支距法和( )。

   A. 切基线法   B. 偏角法

   C. 极坐标法   D. 整桩号法

二、多项选择题

1. 路线中线是由( )组成的。

   A. 直线段   B. 平曲线

   C. 竖曲线   D. 坡道线

2. 路线中线测量是通过( )的测设,将路线中心线的平面位置在现场标定出来,并测定路线的实际里程。

   A. 加宽段   B. 曲线段

   C. 直线段   D. 加高段

3. 路线测量中的里程桩分为（　　）两种。
  A. 腰桩   B. 零桩
  C. 整桩   D. 加桩

4. 圆曲线又称为单曲线，其主点包括直圆点和（　　）等。
  A. 交点   B. 圆直点
  C. 转点   D. 曲中点

5. 综合曲线的主点包括（　　）等。
  A. 直缓点   B. 直圆点
  C. 缓圆点   D. 缓直点

6. 路线勘测工作包括（　　）阶段。
  A. 粗测   B. 初测
  C. 详测   D. 定测

7. 平曲线的基本形式有（　　）。
  A. 圆曲线   B. 复曲线
  C. 缓和曲线   D. 竖曲线

8. 定测时标定交点的常用方法有（　　）和拨角放线法等。
  A. 根据地物测设交点法 B. 直接定线法
  C. 穿线交点法   D. 直角坐标法

9. 当路线定位条件是提供的交点坐标，且这些交点可直接由控制点测设时，可计算出有关测设数据，选择（　　）测设交点位置。
  A. 直角坐标法   B. 极坐标法
  C. 角度交会法   D. 偏角法

10. 标定路线中线位置的桩称为（　　）。
  A. 整桩   B. 中桩
  C. 里程桩   D. 加桩

11. 路线测量中的加桩包括（　　）等。
  A. 地理加桩   B. 地形加桩
  C. 地物加桩   D. 关系加桩

12. 圆曲线的主元素包括（　　）等。
  A. 切线长   B. 曲线长
  C. 半径   D. 外距

13. 曲线加桩的里程，可以按（　　）设置。
  A. 整桩距法   B. 整桩号法
  C. 偏角法   D. 切线支距法

14. 纵断面测量包括（　　）。
  A. 基平测量   B. 中线测量
  C. 中平测量   D. 基线测量

三、填空题

1. 在道路工程施工前、施工中及施工后所进行的测量工作,称为_____。

2. 路线勘测阶段的主要任务有_____、_____、_____等工作,为道路技术设计提供必要的测量资料。

3. 道路施工测量的主要工作有_____、_____、_____以及道路竣工测量。

4. 在路线勘测设计中,由于受地形、地物等条件的限制,测设时将两个或两个以上不同半径的同向圆曲线直接连接起来,称为_____。

5. 回头曲线是指路线转角_____的小半径圆曲线。

6. 在直线与圆曲线之间,插入一段半径由 ∞ 逐渐变化到 R 的曲线,称为_____。

7. 在半径相差较大的两条曲线之间,插入一段半径由 R_1 逐渐变化到 R_2 曲线,称为_____。

8. 两端带有缓和曲线的圆曲线称为_____。

9. 基平测量是建立路线的高程控制,为中平测量和施工测量提供_____。

10. 基平测量一般采用_____方法进行。

11. 测设施工控制桩,常用的方法有_____和_____。

12. 贯通误差在路线中线方向上的投影长度称为_____;在垂直于中线方向的投影长度称为_____;在高程方向的投影长度称为_____。

13. 隧道贯通误差主要来源于_____、_____的误差及竖井联系测量的误差。

四、判断题

1. 路线测量中的交点,是指两点之间的距离较长或互相不能通视时,在其连线或延长线上定出一些点来,用以传递直线方向。 ( )

2. 路线测量中的转点,是指当路线改变方向时,两相邻直线段延长线相交的位置。 ( )

3. 路线测量中的转角,是指路线由一个方向偏转至另一个方向时,偏转后的方向与偏转前的方向之间的夹角。 ( )

4. 为了确定路线长度,同时满足纵、横断面测量及施工放样的需要,由路线起点开始,每隔一段距离钉桩设立标志,称为里程桩。 ( )

5. 由两个或两个以上不同半径的同向圆曲线组成的曲线叫缓和曲线。 ( )

6. 复曲线是在直线段与圆曲线、圆曲线与圆曲线之间设置的曲线半径连续渐变的曲线。 ( )

7. 在路线测量工作中,建立路线高程控制测量的工作,称为中平测量。 ( )

8. 在路线测量中,根据高程控制点的高程,测定中桩地面高程的工作,称为基平测量。 ( )

9. 横断面图是根据路线高程测量资料绘制的,表示路线中线上地面起伏形态。 ( )

10. 纵断面图是用来表示垂直于路线中线方向上地面起伏形态的。 ( )

11. 在路线测量中,把路线的转折点称为交点。 （　　）

12. 当圆曲线两端带有完全相同的缓和曲线时,称为对称型综合曲线。 （　　）

五、简答题

1. 中线测量的主要内容包括哪些?

2. 什么是穿线交点法?

3. 什么是拨角放线法?

4. 什么是路线测量中的转点?

5. 什么是转角?

6. 什么是曲线的详细测设?

7. 什么是虚交?

8. 什么是缓和曲线?

9. 什么是切线支距法?

10. 什么是组合曲线?

11. 什么是相对定位?

12. 什么是绝对定位?

六、计算题

1. 在路线交点 JD_8 上安置仪器,盘左时测得前视点 JD_9 的读数为 $0°00'24''$,后视点 JD_7 的读数为 $144°35'18''$;盘右时测得后视点 JD_7 的读数为 $324°35'36''$,前视点 JD_9 的读数为 $180°01'00''$。问该弯道的转角是多少?是左转还是右转?若仪器度盘不动,在盘右时分角线方向读数应是多少?

2. 有一圆曲线,交点的桩号为 K2+128.68m,转角 $\alpha = 40°12'$,半径 $R=80$m。请计算该曲线的主元素及主点的桩号。

3. 根据第 2 题的数据,如果曲线起点的里程为 ZY 里程=K2+099.404,请在表 11.1 中计算用长弦偏角法及分弦偏角法测设圆曲线细部点的数据。要求按整桩号法设置里程桩,$l_o=20$m。

表 11.1

点名	里程	至起点曲线长(l_i)/m	偏角(δ_i) /(° ′ ″)	长弦(c_i)/m	分弦($c_{i \cdot i+1}$)/m	备 注

4. 在一交点上测得转角为 $\alpha = 48°21'15''$，该弯道设置时要求外距 $E = 38.46\text{m}$，试求弯道应设置的圆曲线半径。

5. 有一综合曲线，缓和曲线长 $L_h = 60\text{m}$，圆曲线半径 $R = 600\text{m}$，右转角 $\alpha = 48°56'$，交点 JD 的桩号为 K2＋745.68。请计算该曲线的主元素及主点的桩号。

6. 在第 5 题中，如果曲线起点的里程为 ZH 里程＝K2＋442.554，要求缓和曲线上每 10m 设桩，用整桩距法；圆曲线上每 20m 设桩，用整桩号法。请用长弦偏角法计算曲线的测设数据，计算到 K2＋600 为止。

7. 根据表 11.2 中的观测数据,完成中平测量计算。

表 11.2　　　　　　　　　　　　　　　　　　　　　　　　　　　　　单位:m

测　点	水准尺读数			视线高程	高　程	备　注
	后视	中视	前视			
BM_8	1.950				1 246.586	
K8+000		0.75				
+020		0.95				
+040		2.84				
+060		3.80				
+080		4.71				
+100		4.61				
ZY K8+120.44		4.66				
+140		2.04				
QZ K8+152.50		3.04				
+160		4.09				
+180		4.00				
YZ K8+184.56		4.89				
+200		4.52				
ZD_1	0.457		4.817			
+235		3.01				
K8+240			4.590			

8. 某变坡点的桩号为 K2+680m,该点的高程为 624.88m,其相邻直线的坡度分别为 $i_1=+1.041\%$,$i_2=-0.658\%$,$R=5\,000m$,要求按整桩号法每 10m 钉一里程桩。请在表 11.3 中计算该竖曲线的测设数据。

表　11.3 　　　　　　　　　　　　　　　　　　　　　　　单位:m

里　程	至起、终点距离(X_i)	高程改正数(Y_i)	坡道高程(H_i')	竖曲线高程(H_i)	备　　注

9. 如图 11.1 所示为段一隧道内的水准测量,水准点 BM_A 的高程 $H_{B}MA=530.468m$,四个测站的观测数据如图 11.1 所示,请在表 11.4 中计算 1、2、3、4 各点的高程。

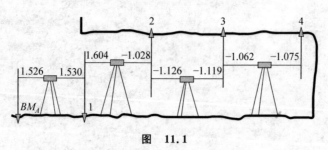

图　11.1

表 11.4 单位：m

测　点	水准尺读数		高　差		高　程	备　注
	后视 a	前视 b	+	−		
计算检核						

第12章
Chapter 12

管道工程测量

一、单项选择题

1. 管道中线测量的任务,是将设计的管道(   )位置测设于地面上,作为管道施工的依据。

    A. 转向角   B. 纵断面

    C. 坡度线   D. 中心线

2. 管道中线测量的主要内容有管道(   )测量、主点桩及里程桩测设等工作。

    A. 转向角   B. 纵断面

    C. 坡度线   D. 中心线

3. 坡度板法是控制管道中线和管道(   )的一种常用方法。

    A. 坡度   B. 高程

    C. 坡度线   D. 中心线

4. 当精度要求较低或者场地条件不便采用坡度板时,可采用平行腰桩法来进行(   )控制。

    A. 水平   B. 高程

    C. 坡度   D. 中心线

二、填空题

1. 在管道施工测量工作中,主要是控制管道的_____和_____位置。

2. 坡度板埋设后,以中线控制桩为准,用仪器把管道中心线投测到板面上,并钉上小钉,称为_____。

3. 在高程板侧面测设一高程位置,钉上小钉,称为_____。

4. 坡度钉的连线应平行于管道设计坡度线,坡度钉到管底的高差为一常数,一般设在整米数处,称为_____。

三、简答题

1. 管道中线测量的任务是什么?

2. 顶管施工测量工作的主要任务是什么？

四、计算题

在表 12.1 中计算坡度板顶的改正数。

表　12.1

里程	距离/m	设计坡度 i	管底设计高程/m	坡度钉下返数/m	坡度钉高程/m	坡度板高程/m	改正数值/m
1	2	3	4	5	6=4+5	7	8=6-7
K0+000			845.360			847.038	
K0+010	10					847.328	
K0+020	10	+0.6%		1.800		847.215	
K0+030	10					847.378	

第13章 Chapter 13

变 形 监 测

一、单项选择题

1. 根据平面控制点测定建筑物的平面位置随时间而移动的大小及方向,称为(   )位移监测。

   A. 平面　　　　　　　　　　　　B. 水平

   C. 倾斜　　　　　　　　　　　　D. 沉降

2. 建筑物的(   )监测,是测定建筑物或其基础的高程随着时间的推移所产生的变化。

   A. 平面　　　　　　　　　　　　B. 水平

   C. 倾斜　　　　　　　　　　　　D. 沉降

3. 沉降曲线包括(   )和时间与荷载关系曲线。

   A. 沉降量与荷载关系曲线　　　　B. 沉降量与速度关系曲线

   C. 时间与沉降量关系曲线　　　　D. 沉降量与荷载关系曲线

二、多项选择题

1. 建筑物的沉降观测点,应布设在能全面反映建筑物沉降情况的部位。在(   )、荷载有变化的部位、大型设备基础、柱子基础等部位都应该设沉降观测点。

   A. 沉降缝两侧　　　　　　　　　B. 人工地基和天然地基接壤处

   C. 伸缩缝两侧　　　　　　　　　D. 建(构)筑物相同结构分界处的两侧

2. 基坑水平位移监测可采用(   )等。

   A. 极坐标法　　　　　　　　　　B. 水准测量方法

   C. 交会法　　　　　　　　　　　D. 电磁波测距三角高程测量方法

3. 基坑垂直位移监测可采用(   )等。

   A. 极坐标法　　　　　　　　　　B. 水准测量方法

   C. 交会法　　　　　　　　　　　D. 电磁波测距三角高程测量方法

三、填空题

1. 变形监测主要包括_____、_____、三维位移监测、主体倾斜监测、挠度监测、监测体裂缝监测及应力、应变监测等。

2. 根据平面控制点测定建筑物的平面位置随时间而移动的大小及方向,称为_____。

3. 常用的裂缝观测方法有_____、_____两种

4. 建筑物的基础倾斜观测,一般采用_____方法进行。

四、判断题

1. 变形监测的方法,应根据监测项目的特点、精度要求、变形速率以及监测体的安全性等指标确定。　　　　　　　　　　　　　　　　　　　　　　　（　　）

2. 建筑物沉降观测是用三角高程测量的方法进行的。　　　　　　　　（　　）

3. 拟建建筑场地的沉降观测,应在建筑施工前进行。　　　　　　　　（　　）

4. 建筑物水平位移常用的监测方法有角度前方交会法和基准线法两种。（　　）

5. 建筑物的沉降监测,首先要布设水准基点,并精确测定其高程。然后根据水准基点,测定各沉降监测点的高程。　　　　　　　　　　　　　　　　　　（　　）

6. 为了保证水准基点高程的正确性,水准基点至少应布设两个,以便相互检核。

　　　　　　　　　　　　　　　　　　　　　　　　　　　　　　　　（　　）

7. 在冰冻地区,水准基点应埋设在冰冻线以下 0.5m。　　　　　　　　（　　）

8. 在进行建(构)筑物的沉降观测时,主要墙角及沿外墙每 10～15m 处,或每隔 2～3 根柱基上,应该设置观测点。　　　　　　　　　　　　　　　　　　　（　　）

9. 当埋设的沉降观测点稳固后,在建筑物主体开工后,进行第一次观测。（　　）

10. 高层建筑物的沉降观测,在建筑物主体开工以后,每增加 3～4 层观测一次。

　　　　　　　　　　　　　　　　　　　　　　　　　　　　　　　　（　　）

11. 建筑物封顶后,应每月观测一次,观测三年。　　　　　　　　　　（　　）

12. 工业厂房或多层民用建筑的沉降观测总次数,不应少于三次。竣工后的观测周期,可根据建(构)筑物的稳定情况确定。　　　　　　　　　　　　　　（　　）

13. 沉降观测时先后视水准基点,接着依次前视各沉降观测点,最后再次后视该水准基点,两次后视读数之差不应超过±5mm。　　　　　　　　　　　　　（　　）

14. 沉降观测应尽可能做到固定观测人员,固定水准仪和水准尺,固定水准基点,固定观测路线和测站。　　　　　　　　　　　　　　　　　　　　　　　（　　）

15. 沉降观测点的本次沉降量＝本次观测所得的高程－上次观测所得的高程。

　　　　　　　　　　　　　　　　　　　　　　　　　　　　　　　　（　　）

16. 累积沉降量＝本次沉降量＋上次累积沉降量。　　　　　　　　　　（　　）

17. 沉降曲线分为两部分,即时间与沉降量关系曲线和时间与荷载关系曲线。

　　　　　　　　　　　　　　　　　　　　　　　　　　　　　　　　（　　）

18. 裂缝的量测,可采用比例尺、小钢尺、游标卡尺或坐标格网板等工具进行,量测应精确至 1mm。　　　　　　　　　　　　　　　　　　　　　　　　　　（　　）

19. 裂缝初期可每月观测一次,基本稳定后宜每三月观测一次,当发现裂缝加大时应及时增加观测次数,必要时应持续观测。　　　　　　　　　　　　　　（　　）

20. 建筑物基础的倾斜观测，一般采用精密水准测量的方法进行。　　（　　）

21. 日照变形的观测时间，宜选在夏季的高温天进行。　　（　　）

22. 日照变形监测应根据日照变形的特点、精度要求、变形速率以及建（构）筑物的安全性等指标确定，可采用交会法、极坐标法、激光准直法、正倒垂线法等。　　（　　）

23. 桥梁变形监测可采用 GPS 测量、极坐标法、精密测（量）距、导线测量、前方交会法、正垂线法、电垂直梁法、水准测量等。　　（　　）

24. 桥梁运营期的变形监测，每年应观测一次。当洪水、地震、强台风等自然灾害发生时，应适当增加观测次数。　　（　　）

25. 隧道的变形监测，应对距离开挖面较近的隧道断面、不良地质构造、断层和衬砌结构裂缝较多的隧道断面的变形进行监测。　　（　　）

五、简答题

1. 什么是建筑物的变形监测？

2. 对建筑物进行变形监测的目的是什么？

3. 什么是建筑物的沉降监测？

4. 道路监测的目的是什么？

5. 桥梁监测的目的是什么?

6. 隧道工程施工监测的目的是什么?

第二部分

习题参考答案

第1章　习题参考答案

一、单项选择题

1. C 　 2. B 　 3. D 　 4. D 　 5. A 　 6. C 　 7. A

二、多项选择题

1. BC 　 2. CD 　 3. AB 　 4. BD 　 5. ABC 　 6. ACD

三、填空题

1. 地面点空间位置
2. 工程测量
3. 实质
4. 大地水准面
5. 基准面和基准线
6. 地球椭球体
7. 大地坐标系　高斯平面直角坐标系　独立平面直角坐标系

四、判断题

1. ×　 2. ×　 3. √　 4. √　 5. √　 6. ×　 7. ×
8. √　 9. ×　 10. ×　 11. √　 12. ×　 13. √　 14. ×

五、简答题

1. 测定是指使用测量仪器和工具,用一定的测量程序和方法,获得地面点位置的相关数据,或者将地面的地物与地貌按一定的比例用特定的图例符号绘制成地形图。

2. 测设是指使用测量仪器和工具,根据已有的控制点或地物点,按照设计要求,采用一定的方法,将图样上规划设计好的建(构)筑物的位置标定到地面上,作为依据指导施工。

3. 地面上自由静止的水面称为水准面。

4. 与水准面相切的平面称为水平面。

5. 大地水准面所包围的形体,称为大地体。

6. 测量工作的基本原则是:"前一步工作未做检核,不可以进行下一步工作"。

六、计算题

1. $h_{AB} = -36.495$

2. $H_P = 1\,012.830$

3. 该点位于高斯 6°投影分带的第 18 带；该带中央子午线的经度是 105°；该点位于中央子午线西侧；该点位于高斯 3°投影分带的第 35 带。

七、思考题

第二种方法好。因为第二种方法符合测量工作程序，测量误差小，精度高；而第一种方法不符合测量工作程序，由于误差积累，点数越多误差会越大，精度低。

第 2 章　习题参考答案

一、单项选择题

1. D　　2. A　　3. C　　4. A　　5. C　　6. B　　7. A

8. D　　9. C　　10. B　　11. D　　12. D　　13. B　　14. D

二、多项选择题

1. CD　　2. AB　　3. BCD　　4. BC　　5. ACD　　6. CD　　7. ACD

8. CD　　9. ABC

三、填空题

1. 高差

2. 测站点　一个测站

3. 物镜　目镜　对光透镜

4. 视距丝

5. 水准管的分划值

6. 相同　相反

7. 一致

8. 高程控制点

9. 点之记

10. 附合水准路线

11. 等外水准测量

12. $f_{h容}=\pm 30\sqrt{L}\,(\text{mm})$

13. $f_h=\sum h-(H_n-H_o)$　　$f_h=\sum h$　　$f_h=|h_{AB}|-|h_{BA}|$ 或者 $f_h=h_{AB}+h_{BA}$

14. $V_i=-\dfrac{f_n}{\sum n}n_i$　　$V_i=-\dfrac{f_n}{\sum L}L_i$

四、判断题

1. √　　2. ×　　3. ×　　4. ×　　5. ×　　6. √　　7. √

8. √　　9. ×　　10. √　　11. ×　　12. ×　　13. √　　14. √

15. ×　　16. ×　　17. √　　18. ×　　19. ×　　20. ×

五、简答题

1. 根据后视点的已知高程,利用高差来计算前视点的高程,这种方法称为高差法。$H_B = H_A + h_{AB}$。

2. 利用仪器的视线高程 H_i,计算出前视点 B 的高程 H_B,这种方法称为视线高法。$H_i = H_A + a, H_B = H_i - b$。

3. 水准管内表面纵向圆弧的中点,称为水准管零点。

4. 通过零点与圆弧相切的纵向直线 LL,称为水准管轴。

5. 圆水准器内表面被研磨成球面,球面的正中刻有圆圈,其圆心称为圆水准器的零点。过零点的球面法线 $L'L'$,称为圆水准器轴。

6. 观测者的眼睛在仪器目镜处进行上下移动时,如果看见十字丝的中丝在水准尺上的读数发生变化,这种现象称为视差。

7. 产生视差的原因是水准尺的像与十字丝的像未能成像到同一竖直平面上,或者说是目镜对光螺旋和物镜对光螺旋的位置没有调好。

8. 消除视差的方法,是仔细反复地转动物镜对光螺旋和目镜对光螺旋,使视差逐步变小,直到水准尺与十字丝成像到同一竖直平面上为止。

9. 从已知高程的水准点出发进行水准测量,最后又回到原出发点上,形成环形路线,称为闭合水准路线。

10. 从已知高程的水准点出发进行水准测量,既不闭合,又不附合的水准路线,称为支水准路线。

11. 在进行水准测量时,当已知高程的水准点距待测高程点较远或高差很大时,就需要在两点间加设若干个立尺点,分段设站进行观测。加设的这些立尺点,并不需要测定其高程,它们只起传递高程的作用,称为转点,用 TP 表示。

12. 普水准测量中的计算检核式为:$\sum a - \sum b = \sum h, H_B - H_A = \sum h$。

13. 为了保证每个测站高差的正确性,必须在每个测站上进行观测数据与记录数据的正确性检核,以检核每个测站上所测得的高差是否符合精度要求,这种检核称为测站检核。

14. 自动安平水准仪没有水准管和微倾螺旋,操作时只需要粗略整平,无须精平,就可照准水准尺读取后视读数和前视读数。

15. 微倾式水准仪的主要轴线有:仪器竖轴——VV;圆水准器轴——$L'L'$;水准管轴——LL;视准轴——CC。

16. 微倾式水准仪在结构上应该满足的几何关系:$L'L'//VV$;十字丝横丝水平;$LL//VV$。

17. 水准测量误差来源于三个方面,包括仪器误差、观测误差和外界条件的影响误差。

六、计算题

1. $H_B = 41.068\text{m}$。

2. $f_h = -0.030\text{m} = -30\text{mm} < f_{h容} = \pm 12\sqrt{n} = \pm 12\sqrt{10} \approx \pm 38(\text{mm})$，观测精度合格。

$H_A = 129.526\text{m}, H_B = 130.828\text{m}$。

3. $f_h = |-13.846| - |13.820| = +26(\text{mm}), f_{h容} \pm 30\sqrt{L} = \pm 30\sqrt{1.2} \approx \pm 33(\text{mm})$，$|f_h| < |f_{h容}|$，观测精度合格。

$$h = \frac{|h_{往}| + |h_{返}|}{2} = \frac{13.846 + 13.820}{2} = 13.833(\text{m})$$

待测点 P 的高程为

$$H_P = H_{BM8} + h = 123.456 + 13.833 = 137.289(\text{m})$$

4. $f_h = +0.039\text{m} = +39\text{mm} < f_{h容} = \pm 12\sqrt{n} = \pm 12\sqrt{44} \approx \pm 80(\text{mm})$，观测精度合格。

$H_1 = 847.731\text{m}, H_2 = 849.152\text{m}, H_3 = 847.358\text{m}, H_4 = 845.635\text{m}$。

5. $b_2 = a_2 - h_{AB} = a_2 - (H_B - H_A) = 1.577$，水准管轴不平行于视准轴。

校正时，首先转动微倾螺旋，使十字丝的中丝对准 B 点水准尺上的应读读数 1.577，此时视准轴便到了水平位置，而水准管气泡必然偏离零点不再居中。然后用校正针先拨松水准管一端左、右校正螺钉，再拨动上、下两个校正螺钉，使偏离的气泡重新居中，最后要将校正螺钉全部旋紧。

七、思考题

水准测量中，尽可能地把仪器安置在前、后视两点等距处，可以消除或减弱水准管轴不平行于视准轴存在的 i 角误差、地球曲率误差和大气折光误差对测量结果的影响。

第3章 习题参考答案

一、单项选择题

1. B   2. C   3. B   4. C   5. A   6. B   7. A

二、多项选择题

1. BCD   2. ABD   3. ABC   4. CD   5. ABD   6. ABD

三、填空题

1. 平面位置
2. 竖向位置（或高程） 倾斜距离
3. 两个
4. 三个及三个以上
5. 零方向

四、判断题

1. ×   2. ×   3. √   4. √   5. √   6. ×

五、简答题

1. 相交于一点的两条方向线，投影到水平面上所夹的角度，称为水平角度，简称水平角。

2. 在同一竖直面内，视线与水平线之间的夹角，称为竖直角度，简称竖直角。

3. 照准部水准管的作用是精确整平仪器。

4. 经纬仪的技术操作包括仪器安置、对中、整平、照准和读数。

5. 用方向观测法进行角度测量时，如果观测方向数较多，需要进行归零，称全圆方向观测法或全圆测回法。

6. 用方向观测法进行角度测量时，如果观测方向数较少，不需要进行归零，称为简单方向观测法，简称方向观测法。

7. 经纬仪的主要轴线有：仪器竖轴——VV；仪器横轴——HH；视准轴——CC；水准管轴——LL。

8. 经纬仪在结构上应该满足的几何关系有：$LL \perp VV$；十字丝纵丝应竖直；$CC \perp HH$；$HH \perp VV$；竖盘指标差 $x = 0$；对点器视准轴与仪器竖轴重合。

9. 首先利用圆水准器粗略整平仪器,然后转动照准部使水准管平行于任意两个脚螺旋的连线方向,调节这两个脚螺旋使水准管气泡居中,再将仪器旋转 180°,如水准管气泡仍居中,说明水准管轴与竖轴垂直;若气泡不再居中,则说明水准管轴与竖轴不垂直,需要校正。

六、计算题

1. 两测回平均角值为 $88°19'36''$。

2. 应配置为 $0°、60°、120°$。

3. 各测回归零后平均方向值为 $0°00'00''$、$60°20'39''$、$225°16'24''$、$290°11'57''$。

4. B 点竖直角为 $+11°41'48''$,C 点竖直角为 $-1°32'36''$。

第4章 习题参考答案

一、单项选择题

1. B　　2. D　　3. B　　4. A　　5. C　　6. A

二、多项选择题

1. ACD　2. CD　　3. AB　　4. ABD　5. ABC

三、填空题

1. 水平面
2. 距离测量
3. 实际长度

四、判断题

1. √　　　2. ×　　3. √

五、简答题

1. 地面上两点垂直投影到水平面上的直线距离,称为水平距离。

2. 进行距离测量时,若地面上两点间的距离超过一整尺段,或地势起伏较大时,需要在两点的连线方向上标定出若干个点,将全长分成几个等于或小于尺长的分段,称为直线定线。

3. 距离测量时,往返测量的绝对误差与其平均值之比,并化成分子为 1 的分数形式,称为相对误差,常用 K 表示,即

$$K = \frac{|D_{\text{往}} - D_{\text{返}}|}{\overline{D}} = \frac{|\Delta D|}{\overline{D}} = \frac{1}{\overline{D}/|\Delta D|}$$

六、计算题

1. 往返测量的平均距离为 84.402,相对误差为 1/7 033,达到了精度要求。
2. $D_{AB} = 28.927\text{m}$。

七、思考题

会量短。

第 5 章　习题参考答案

一、单项选择题

1. D　　2. C　　3. B　　4. A　　5. D　　6. A

二、填空题

1. 直线定向
2. 真子午线方向　磁子午线方向　坐标纵线方向
3. 方位角
4. 方位角
5. 坐标方位角
6. 象限角

三、简答题

1. 常用的标准方向有真子午线方向、磁子午线方向和坐标纵线方向。
2. 通过地球表面某点的真子午线的切线方向，称为该点的真子午线方向。
3. 磁针在地面某点自由静止时所指的方向，就是该点的磁子午线方向。
4. 测量平面直角坐标系中的纵轴（X 轴）方向，称为坐标纵轴方向。
5. 从直线起点处的标准方向北端起，到直线的水平夹角，称为直线的方位角。
6. 从直线端点的子午线北端或南端至直线间的锐角，称为直线的象限角。

四、计算题

1. 象限角：南西 $35°36'30''$
2. 象限角：北西 $12°11'36''$
3. 反坐标方位角为 $325°30'54''$
4. $\alpha_{CB} = 31°00'57''$　　$\alpha_{CD} = 92°02'39''$
5. $\alpha_{BC} = 18°19'30''$　　$\alpha_{BD} = 137°43'36''$　　$\alpha_{AE} = 344°30'18''$
6. $\alpha_{AB} = 55°20'18''$

第6章　习题参考答案

一、单项选择题

1. A　　　2. D　　　3. A　　　4. B　　　5. A　　　6. C　　　7. B

8. D　　　9. A　　　10. C　　　11. C　　　12. B　　　13. B

二、多项选择题

1. ABC　　2. CD　　3. ACD　　4. BCD　　5. ACD　　6. ABC　　7. ACD

三、填空题

1. 观测条件
2. 观测条件相同的
3. 误差　错误
4. 离散程度
5. 精度
6. 最可靠值

四、判断题

1. √　　2. ×　　3. ×　　4. √　　5. √　　6. ×

五、简答题

1. 在相同观测条件下,对某量进行一系列的观测,如果观测误差的符号和大小不变,或按一定的规律变化,这种误差称为系统误差。

2. 在相同的观测条件下,对某量进行一系列的观测,如果观测误差的符号和大小都不一致,表面上没有任何规律性,这种误差称为偶然误差。

3. 偶然误差有以下特性:

① 在一定观测条件下,偶然误差的绝对值不会超过一定的限值。

② 绝对值小的误差比绝对值大的误差出现的机会多。

③ 绝对值相等的正、负误差出现的机会相同。

④ 偶然误差的算术平均值,随着观测次数的无限增加而趋向于零,即

$$\lim_{n \to \infty} \frac{[\Delta]}{n} = 0$$

4. 阐述观测值与观测值函数之间误差关系的规律,称为误差传播定律。

六、计算题

1. 测角中误差为 8.5″,需要观测 3 测回。

2. 最或是值为 87.923m,观测值中误差为 16.9mm,算术平均值中误差为 8.5mm,相对误差为 1/10 343。

第7章 习题参考答案

一、单项选择题

1. C   2. D   3. D   4. A   5. B

二、多项选择题

1. AC   2. ABC   3. ACD   4. AB

三、填空题

1. 控制点
2. 控制网
3. 小区控制网
4. 首级
5. 图根
6. 图根   图根点
7. 水准测量   三角高程测量
8. 前方交会   侧方交会   后方交会   距离交会
9. 对向

四、判断题

1. √   2. √   3. √   4. ×   5. ×   6. ×   7. ×

8. √

五、简答题

1. 将相邻控制点用直线连接构成连续折线,称为导线。

2. 导线测量,就是依次测定各导线边长和各转折角,根据起算数据,推算出各边的坐标方位角,从而求出各导线点的坐标。

3. 导线测量的外业工作有踏勘选点、建立标志、边长测量、角度测量。

4. 导线测量内业计算的目的,就是为计算出各导线点的平面坐标(X,Y)。

5. 根据直线起点的坐标、直线长度及其坐标方位角,计算直线终点的坐标,称为坐标正算。

6. 根据直线两端点的已知坐标,计算直线的长度及其坐标方位角,称为坐标反算。

六、计算题

1. ① AB 边的坐标方位角为 $7°42'12''$。

② AB 边的水平距离为 670.542m。

③ AP 边的水平距离为 656.846m。

④ BP 边的水平距离为 629.550m。

⑤ AP 的坐标方位角为 $311°05'24''$。

⑥ BP 的坐标方位角为 $248°17'57''$。

⑦ 由 A 点计算 P 点的坐标为 $(X_P=1\,794.559\text{m}, Y_P=1\,055.408\text{m})$。

⑧ 由 B 点推算 P 点的坐标为 $(X_P=1\,794.559\text{m}, Y_P=1\,055.407\text{m})$。

⑨ 由角度前方交会计算式(主材料中的式(7.29))计算 P 点的坐标为 $(X_P=1\,794.558\text{m}, Y_P=1\,055.407\text{m})$。

2. $(X_1=3\,772.770\text{m}, Y_1=6\,972.908\text{m}), (X_2=3\,670.861\text{m}, Y_2=7\,064.255\text{m})$。

3. $f_\beta=-57''$, $f_{\beta\triangle}=\pm40''\sqrt{n}=\pm40''\sqrt{5}\approx\pm89''$, $f_k=1/5\,900$。各点坐标为:$(X_1=8\,981.985\text{m}, Y_1=4\,950.985\text{m}), (X_2=9\,072.455\text{m}, Y_2=4\,853.380\text{m}), (X_3=9\,090.429\text{m}, Y_3=4\,698.764\text{m})$。

4. $f_\beta=52''$, $f_{\beta\triangle}=\pm40''\sqrt{n}=\pm40''\sqrt{5}\approx\pm89''$, $f_k=1/4\,800$。各点坐标为:$(X_B=6\,492.726\text{m}, Y_B=2\,430.958\text{m}), (X_C=6\,507.096\text{m}, Y_C=2\,541.144\text{m}), (X_D=6\,464.846\text{m}, Y_D=2\,605.026\text{m}), (X_E=6\,355.748\text{m}, Y_E=2\,546.787\text{m})$。

第8章 习题参考答案

一、单项选择题

1. C　　2. B　　3. A　　4. D　　5. C　　6. D　　7. D
8. A　　9. A　　10. B

二、多项选择题

1. BCD　　2. AB　　3. AB　　4. ACD

三、填空题

1. 地物
2. 地貌
3. 地形图
4. 平面图(又称地物图)
5. 地物符号
6. 等高线
7. 分水线
8. 集水线

四、判断题

1. ×　　2. ×　　3. √　　4. ×　　5. ×　　6. √　　7. ×
8. ×　　9. ×　　10. ×　　11. ×　　12. √　　13. √　　14. √
15. ×　　16. ×　　17. √　　18. ×　　19. ×　　20. √　　21. √
22. √　　23. √　　24. √　　25. √　　26. √　　27. √

五、简答题

1. 地形是地物和地貌的总称。

2. 地形图上线段的长度与它所代表的实际水平距离之比,称为地形图的比例尺。

3. 地形图上 0.1mm 长度所代表的实际水平距离,称为比例尺精度,即比例尺为 1∶M 的地形图,其精度为 0.1M(mm)。

4. 图名就是一幅图的名称,每幅地形图都应标注图名,通常以图幅内主要的地名、单位或行政名称作为图名。

5. 地面上高程相等的相邻点连成的闭合曲线,称为等高线。

6. 相邻等高线之间的水平距离,称为等高线平距。

7. 相邻等高线之间的高差,称为等高距,又称等高线间隔。

8. 示坡线是垂直于等高线绘制的短线,指示坡度降低的方向。

9. 数字地形图,以数据形式保存在磁盘等电子介质中,可以由计算机屏幕直接显示出来的电子地形图。

10. 在相邻的两个正、负挖、填高度之间,内插出挖、填高度为零的线,称为零线,又称开挖线。

11. 汇集水流量的区域面积称为汇水面积,其边界线是由一系列的山脊线连接而成的。

六、计算题

1. 四边形的面积为 $5\,588.355\mathrm{m}^2$。

2.（略）。

第9章　习题参考答案

一、单项选择题

1. B　　2. C　　3. A

二、多项选择题

1. BC　　2. ABD　　3. CD　　4. BD

三、简答题

1. 正、倒镜分中法测设水平角度,是用盘左、盘右分别测设出设计的水平角度,定出点位 P' 和 P'',当精度合格时,取 P' 和 P'' 的中点为 P 点。

2. 水平视线法是用高程测设的方法,测设出设计坡度线上一些点的高程,来完成坡度测设的。

3. 倾斜视线法是让仪器的视线倾斜,与要测设的坡度线平行,进行坡度测设工作。

4. 正、倒镜分中法测设直线,是用盘左、盘右分别测设出直线,定出点位 P' 和 P'',当精度合格时,取 P' 和 P'' 的中点为 P 点。

四、计算题

1. 放样的名义长度应为 18.045m。

2. B 点向内移动 0.011 6m 的距离,则可得到 90°的直角。

3. 测设点的水准尺读数为 $b=0.795$。

测设时,在测设点处正立水准尺,上下移动,当水准仪的水平视线在水准尺上的读数成为 b 时,紧靠尺底做一水平线标志,即为±0.000 的标高。

4. 用极坐标法从 A 点测设 P 点时,首先需要从 AB 方向顺时针方向测设出 $\beta=34°46'33''$,然后沿此角度方向测设出距离 28.202m,即可确定出 P 点。

第10章 习题参考答案

一、单项选择题

1. D   2. A   3. B   4. D   5. C

二、多项选择题

1. ABD   2. ACD   3. BCD

三、填空题

1. 前一步工作未做检核,不可以进行下一步工作
2. 建筑方格网 矩形网
3. 道路及各种管线
4. 平行或垂直
5. 水准测量
6. 闭合水准路线或附合水准路线
7. 基本水准点 施工水准点
8. 水平桩

四、判断题

1. √   2. ×   3. √   4. √   5. √   6. √   7. √
8. ×   9. ×

五、简答题

1. 施工测量的目的是把在图样上设计的建(构)筑物的平面和高程位置,按设计和施工的要求测设(放样)到相应的位置,作为工程施工的依据,并在工程施工的过程中,进行各种相应的测量工作,指导施工按设计要求进行。

2. 将建筑物外廓各轴线交点(简称角桩)测设到地面上,称为建筑物的定位。

3. 建筑物的放线,是指根据已定位的外墙轴线交点桩(角桩),详细测设出建筑物各轴线的交点桩(或称中心桩)。然后,根据交点桩用白灰撒出基础开挖边界线。

六、计算题

$\delta = 0.006\,1\text{m} = 6.1\text{mm}$,将 A'、O'、B' 三点在其垂直方向上移动 6.1mm。

七、思考题

1. (略)。

2. ①设计总平面图,单位工程平面图,纵、横断面图,施工图及施工说明。②施工放样成果,施工检查成果及竣工测量成果。③更改设计的图样、数据、资料(包括设计变更通知单)。

第 11 章   习题参考答案

一、单项选择题

1. C   2. B   3. A   4. D   5. B

二、多项选择题

1. AB   2. BC   3. CD   4. BD   5. ACD   6. BD   7. AC
8. ABC   9. ABC   10. BC   11. BCD   12. ABD   13. AB   14. AC

三、填空题

1. 道路工程测量

2. 带状地形图测绘   道路中线测量   纵横断面测量

3. 中线恢复测量   施工控制桩的测量   路基和路面放样

4. 复曲线

5. 接近 180°

6. 完整缓和曲线

7. 缓和曲线段

8. 综合曲线

9. 高程控制点

10. 水准测量

11. 平行线法   延长线法

12. 纵向贯通误差   横向贯通误差   高程贯通误差

13. 洞内   洞外控制测量

四、判断题

1. ×   2. ×   3. √   4. √   5. ×   6. ×   7. ×
8. ×   9. ×   10. ×   11. √   12. √

五、简答题

1. 交点和转点的测设,线路转折角的测定,里程桩的设置,曲线主点测设和曲线详细测设等。

2. 利用图上就近的导线点或地物点,把中线的直线段独立地测设到地面上,然后将相邻直线延长相交,定出交点的位置。

3. 用极坐标法,通过角度和距离按导线的形式测设交点。

4. 转点是传递直线方向的点。当相邻两交点互不通视或直线较长时,需要在其连线或延长线上确定一些点,以供交点、测角、量距或延长直线时照准使用。

5. 路线由一个方向转到另一方向时,转后的方向与原方向延长线的夹角称为转角。

6. 如果曲线较长时,就要根据地形变化及设计与施工的要求,在曲线主点间按基本桩距 l_0 设加密桩,以满足道路施工的需要,这项工作称为圆曲线的详细测设。

7. 路线交点 JD 处无法安置仪器,或者转角太大远离曲线无法到达,或者地形复杂、地物障碍难以到达,此类情况称为虚交。

8. 为了行车安全,需要在道路转向处曲率半径突变的位置,插入一段曲率半径逐渐变化的曲线,起缓和与过渡作用,称为缓和曲线。

9. 切线支距法是以直缓点(ZH)或缓直点(HZ)为坐标原点,以过原点的切线方向为 X 轴、法线方向为 Y 轴,利用缓和曲线和圆曲线上各点的 X、Y 坐标来测设曲线。

10. 由不同参数的缓和曲线及圆曲线等构成的复杂曲线,称为组合曲线。

11. 根据路线交点或曲线主点的相对几何关系进行定位,称为相对定位。

12. 在任何一个控制点上,根据坐标进行点位测设,称为绝对定位。

六、计算题

1. 转角为 $35°25'15''$,右转角,分角线方向读数为 $252°18'18''$ 或 $252°18'22.5''$。

2. $T=29.276m$,$L=56.130m$,$E=5.188m$,$D=2.422m$,$ZY=K2+099.404$,$QZ=K2+127.469$,$YZ=K2+155.534$。

3. $K2+100$:$\delta_1=0°12'48''$,$c_1=0.596m$,$c_{ZY \cdot 1}=0.596m$;

$K2+120$:$\delta_2=7°22'31''$,$c_2=20.539m$,$c_{1 \cdot 2}=19.948m$;

$K2+140$:$\delta_2=14°32'14''$,$c_3=40.162m$,$c_{2 \cdot 3}=19.948m$;

YZ $K2+155.534$:$\delta_{YZ}=20°06'00''$,$c_{YZ}=54.986m$,$c_{3 \cdot YZ}=15.510m$。

4. $R=400m$。

5. $T_h=303.126m$,$L_Z=572.429m$,$E_h=59.469m$,$D_h=33.822m$;$ZH=K2+442.554$,$HY=K2+502.554m$,$QZ=K2+728.769$,$YH=K2+954.983$,$HZ=K3+014.983$。

6. $K2+452.554$:$0°1'35''$,$10.000m$;

$K2+462.554$:$0°6'22''$,$20.000m$;

$K2+472.554$:$0°14'19''$,$30.000m$;

$K2+482.554$:$0°25'28''$,$39.999m$;

$K2+492.554$:$0°39'47''$,$49.997m$;

(HY)$K2+502.554$:$0°57'18''$,$59.993m$;

$K2+520$:$1°34'22''$,$77.423m$;

$K2+540$:$2°22'33''$,$97.385m$;

$K2+560$:$3°13'49''$,$117.321m$;

K2+580:4°06′51″,137.224m;

K2+600:5°00′57″,157.089m。

7. K8+240 的高程为 1 239.586m,其他(略)。

8. 凸曲线,$T = 42.476$m,$L = 84.952$m,$E = 0.180$m,竖曲线起点里程为 K2+637.524,竖曲线终点里程为 K2+722.476。

从起点至终点,各点里程依次为:K2+637.524、K2+640、K2+650、K2+660、K2+670、K2+680、K2+690、K2+700、K2+710、K2+720、K2+722.476。

各点坡道高程及高程改正数(略)。

各点竖曲线高程依次为 624.438m、624.463m、624.552m、624.621m、624.670m、624.700m、624.709m、624.698m、624.667m、624.616m、624.601m。

9. $H_1 = 530.464$m,$H_2 = 533.096$m、$H_3 = 533.089$m、$H_4 = 533.102$m。

第12章 习题参考答案

一、单项选择题

1. D   2. A   3. B   4. C

二、填空题

1. 中线   高程
2. 中心钉
3. 坡度钉
4. 下返数

三、简答题

1. 是将设计的管道中心线位置测设于地面上,作为管道施工的依据。
2. 确定管道中线方向、高程和坡度达到设计要求。

四、计算题

K0+000、K0+010、K0+020、K0+030 各板号的改正数依次为+0.122m、−0.108m、+0.065m、−0.038m。

第 13 章　习题参考答案

一、单项选择题

1. B　　2. D　　3. C

二、多项选择题

1. ABC　2. AC　3. BD

三、填空题

1. 水平位移监测　垂直位移(沉降)监测
2. 水平位移监测
3. 石膏板标志法　白铁皮标志法
4. 精密水准测量

四、判断题

1. √	2. ×	3. √	4. √	5. √	6. ×	7. √
8. √	9. ×	10. ×	11. ×	12. ×	13. ×	14. √
15. √	16. √	17. √	18. ×	19. ×	20. √	21. √
22. √	23. √	24. √	25. √			

五、简答题

1. 对建筑物及其地基由于荷重和地质条件变化等因素引起的变形进行监测,称为建筑物的变形监测。

2. 是为了分析解建筑物的稳定性,掌握建筑物的安全状况,研究变形规律,检验设计理论及其所采用的计算方法,为建筑物的设计、施工、运营管理及科学研究提供资料。

3. 建筑物的沉降监测,是测定建筑物或其基础的高程随着时间的推移所产生的变化。

4. 为了掌握道路工程变形的危害与发展规律。

5. 在桥梁修建和使用过程中,由于受各种外力及外界因素的影响,墩台会产生一定的位移、沉降及倾斜,需要定期地进行观测,掌握其随着时间的推移而发生的变形规律,以便在可能危及行车安全前,及时采取补救措施。

6. 隧道工程施工监测的目的是了解围岩的稳定性以及支护的作用。